5

Découvertes

Bayern

Cahier d'activités

für den schulischen
Französischunterricht

von
Eva Albes
Detlev Brenneisen
Birgit Bruckmayer
Marlène Clossen
Thomas Dold
Magdalene Fujara
Gunda Hiort
Catherine Marsaud
Jutta Rösner
Wolfgang Spengler
Stefanie Wojaczek

Ernst Klett Verlag
Stuttgart • Leipzig • Dortmund

Découvertes Bayern
Band 5

Cahier d'activités mit Mediensammlung

Zusatzmaterialien für Schülerinnen und Schüler zu diesem Band:

Grammatisches Beiheft, Klett-Nr. 622363
Fit für Schulaufgaben, Klett-Nr. 622438
99 grammatische Übungen, Klett-Nr. 622373
99 Wortschatzübungen, Klett-Nr. 622378
Vokabellernheft, Klett-Nr. 622385

Übungssoftware (Einzellizenz, Klett-Nr. 622395)
Die Audio-Dateien in der Mediensammlung werden alternativ für CD-Player auch als Audio-CD (Hörtexte) angeboten, Klett-Nr. 622360.

Bildquellennachweis

Das Bildquellenverzeichnis befindet sich am Ende dieses Heftes.

1. Auflage 1 7 6 5 4 3 | 28 27 26 25 24

Autorinnen und Autoren: Eva Albes, Augsburg; Detlev Brenneisen, Norderstedt; Birgit Bruckmayer, München; Marlène Clossen, Erlangen; Thomas Dold, Ettenheim; Magdalene Fujara, Stralsund; Gunda Hiort, Lilienthal; Catherine Marsaud, Olching; Jutta Rösner, Erlangen; Wolfgang Spengler, Solingen; Stefanie Wojaczek, Bamberg
Beratung: Stefan Gundel, München

Entstanden in Zusammenarbeit mit dem Projektteam des Verlages.

Umschlaggestaltung: Petra Michel, Bamberg
Titelbild: Brad Pict; Viktor1
Satz: media office GmbH, Kornwestheim
Druck: Druckhaus Götz GmbH, Ludwigsburg

Printed in Germany
ISBN 978-3-12-622365-2

9 783126 223652

Hier lernst du, Frankreich mit deinem Land zu vergleichen.

PORTFOLIO

Das Ergebnis dieser Aufgabe kannst du in deinem Portfolio-Ordner sammeln.

11–14 Audios zu Hörtexten

Video

Partnerarbeit

Gruppenarbeit

Übungen, die auf die DELF-Prüfung hinführen

→ En plus S. 30, Nr. 2

Verweis auf Ergänzungsübungen im „En plus"-Teil dieses Heftes

einfachere Übungen

schwierigere Übungen

MK Medienkompetenz

D1 Dokument/Arbeitsblatt online

(G 5) Die Ziffern nach dem G verweisen auf den Paragrafen im Grammatischen Anhang in deinem Buch und im Grammatischen Beiheft.

(SB S. 33, Nr. 4)

Der Verweis gibt an, zu welcher Stelle in deinem Schülerbuch diese Übung passt.

So kannst du am besten mit diesem Heft arbeiten:

Mit diesem Cahier d'activités kannst du durch selbstständiges Arbeiten vertiefen, was du im Unterricht gelernt hast. Der Aufbau eines Kapitels ist dem Aufbau deines Schülerbuches sehr ähnlich.

Wiederholen

Vor jeder Unité stehen „Entraînement-Seiten".
Sie sind ein „Aufwärmtraining".
Du kannst hier wiederholen, was du schon gelernt hast.

Lösungen

Lösungen und Lösungsvorschläge findest du zu den Aufgaben der Bereiche **Entraînement, Bilan** und **Plateau** im Anhang ab Seite 121.

Hören, sehen und noch mehr üben

Online oder über die Klett Lernen App findest du die vertonten Hörtexte und Videodokumente aus dem Schülerbuch sowie aus dem Cahier d'activités.

Audios und Videos zum Arbeitsheft und Schulbuch online und in der App verfügbar!

1. Auf **schueler.klett.de** anmelden
2. Nutzer-Schlüssel oder QR Code einlösen
3. Digitale Medien online nutzen oder in die **Klett Lernen App** laden

Nutzer-Schlüssel
vdqd-WpDw-FvuU

Un peu d'entraînement

→ Lösungen findest du auf S. 121.

Civilisation

1 Grenoble, ville olympique

A *Vous ne connaissez pas les noms de tous les sports d'hiver olympiques, mais à l'aide des images, essayez de deviner le nom de chaque sport et écrivez-le au-dessous.*

le biathlon · le combiné nordique · le ski alpin · le bobsleigh · le patinage de vitesse · la luge · le hockey sur glace · le ski de fond · le saut à ski · le patinage artistique

Vis-à-vis

Du 6 au 18 février 1968, les Xe Jeux olympiques d'hiver se sont déroulés à Grenoble et y ont rassemblé 1158 athlètes de 37 pays – un record pour les Jeux d'hiver. C'était la première fois que l'Allemagne de l'Est et l'Allemagne de l'Ouest y participaient avec deux équipes différentes. L'équipe de France a gagné neuf médailles, dont trois en or par Jean-Claude Killy dans les trois disciplines de ski alpin.

1. ____________________

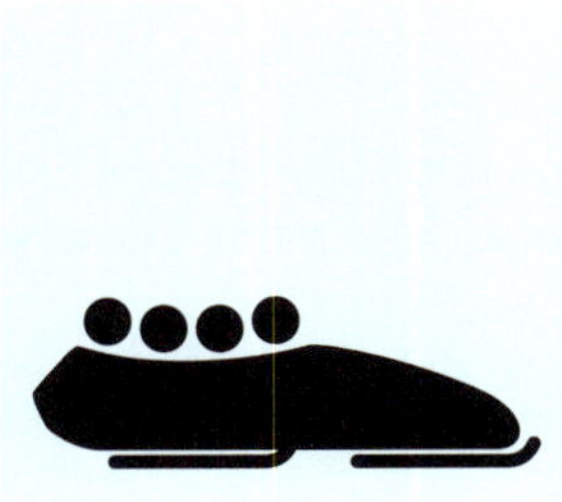

2. ____________________

3. ____________________

4. ____________________

5. ____________________

6. ____________________

7. ____________________

8. ____________________

9. ____________________

10. ____________________

B *Choisissez un sport d'hiver du tableau, cherchez sur Internet les particularités de ce sport et les athlètes célèbres qui le pratiquent, puis présentez le résultat devant la classe.*

C *Regardez sur Internet les résultats des deux équipes allemandes (RDA/RFA) en 1968.*

En forme

2 Les Jeux ont tout changé ...

Mettez les verbes à la bonne forme du ***passé composé*** *ou de* ***l'imparfait****. Faites attention au contexte.*

1. En 1968, les Xe Jeux olympiques d'hiver ____________ *(avoir lieu)* à Grenoble, en France.
2. Après les Jeux, tout ____________ *(changer)*.
3. Au centre-ville, une nouvelle gare ____________ *(sortir)* de terre. Dans l'ancien village olympique, on ____________ *(créer)* beaucoup de nouveaux logements.
4. Des entreprises internationales ____________ *(s'installer)* pour augmenter leurs activités.
5. Dans l'ancien stade, des grands évènements sportifs et culturels ____________ *(se dérouler)* devant un public qui ____________ *(aimer)* beaucoup l'athlétisme ou le hockey sur glace.
6. Mais où est-ce que les touristes ____________ *(pouvoir)* voir les plus grandes différences à toutes les vacances? Non, ce ____________ *(ne pas être)* dans la ville, mais à côté, dans les stations de sports d'hiver! Là, tout à coup, on ____________ *(agrandir)* les routes, on ____________ *(construire)* beaucoup d'hôtels et de pistes de ski. Pour les touristes, ces innovations ____________ *(être)* géniales!

En forme

3 Toutes ces innovations!

Mettez les verbes au ***passé composé****, à* ***l'imparfait*** *ou au* ***plus-que-parfait****. Attention au contexte!*

1. C'est Charles de Gaulle qui ____________ *(venir)* à Grenoble pour la cérémonie d'ouverture des Jeux. Et qu'est-ce qu'il ____________ *(chanter)*? «La Marseillaise», bien sûr! Après les Jeux, il ____________ *(accueillir)* au Palais de l'Elysée à Paris tous les sportifs qui ____________ *(gagner)* une médaille! Génial!
2. Qu'est-ce qui ____________ *(se passer)* pour la première fois en 1968? Et bien, on ____________ *(inventer)* une mascotte, des pictogrammes et le chronomètre électronique! En plus, les gens devant la télé ____________ *(voir)* les reportages en couleur. En couleur, trop bien!
3. Avant les Jeux, les Français ____________ *(faire)* de nombreux travaux: ils ____________ *(ouvrir)* des tunnels, des ponts, des centres sportifs, etc. et en peu de temps, la ville grise de Grenoble ____________ *(devenir)* une ville moderne et dynamique!
4. Une chose ____________ *(être)* sûre: ces Jeux ____________ *(améliorer)* définitivement l'image de Grenoble dans le cœur des Français! Et aujourd'hui, on en parle encore!

Unité 1

Grenoble, ville de demain

Atelier A

Jeu de mots

1 Des technologies pour un développement durable

A *Regardez le graphique et lisez la définition ci-dessous. Expliquez l'expression «développement durable» avec vos propres mots dans votre cahier. Vous pouvez utiliser un dictionnaire bilingue si vous en avez besoin.*

Le développement durable est un **mode d'organisation de la société** pour répondre le plus efficacement possible aux besoins du présent sans compromettre la capacité des générations futures à répondre à leurs propres besoins.

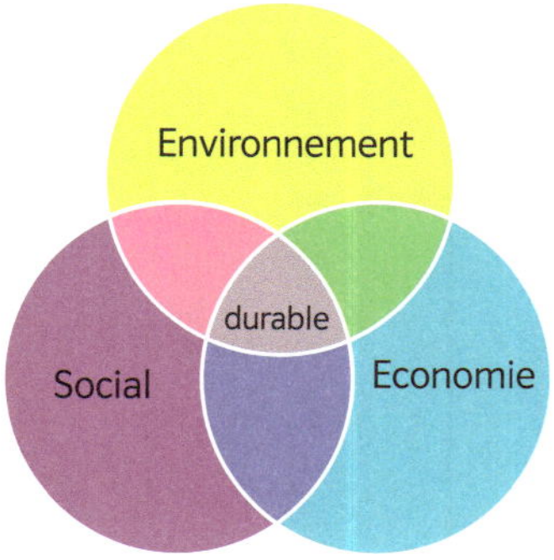

B *Voici trois mesures au service de l'environnement. Trouvez une définition pour ces mesures.*

1. La technologie de recyclage: ______
2. Des véhicules verts: ______
3. Le «zéro déchet»: ______

______

C *Voici les photos de quatre nouvelles technologies d'avenir. Trouvez le titre correspondant:* **le captage de carbone, la fausse viande, l'intelligence artificielle, le verre solaire**.

______ ______ ______ ______

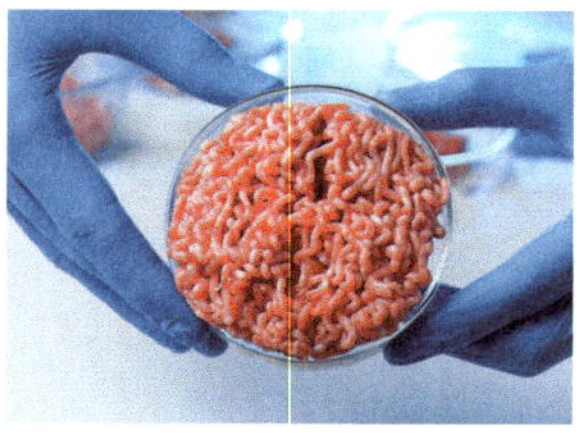

D Ensuite, complétez les buts de ces nouvelles technologies.

But:	**But:**	**But:**	**But:**
faire des recherches dans les domaines de la biodiversité, du climat, de l'eau et de l'agriculture et trouver des solutions pour notre planète.	______	______	______

Parler

E *Parmi les nouvelles technologies de* **C**, *lesquelles auront, d'après vous, le plus grand succès à l'avenir? Pourquoi? Préparez un monologue de trois minutes et justifiez votre opinion.*

Lire

2 A propos du texte (nach SB S. 19, Nr. 3)

A *Relisez bien le texte du livre p. 18–19. Grenoble est une des villes les plus innovantes au monde. La ville connaît aussi de nombreux* ***problèmes*** *écologiques (P) et prend des* ***mesures*** *(M) pour y faire face. Lisez les aspects suivants et notez la bonne lettre. Justifiez votre réponse et notez aussi la / les ligne / s du texte.*

1. les changements à l'initiative de la mairie ________ ________________

2. la situation géographique ________ ________________

3. une ville sans panneaux publicitaires ________ ________________

4. les bus diesel ________ ________________

5. l'utilisation du vélo ________ ________________

6. des quartiers écologiques ________ ________________

B *Que sait-on sur Garance? Complétez le tableau et écrivez le portrait de cette Grenobloise dans votre cahier.*

Prénom:	Garance	**Métier:**	________________	
Age:	________________	**Lieu d'habitation:**	________________	
Nombre d'enfants:	________________	**Son avis sur son quartier:**		
Moyen de transport:	________________	☐ 😊	☐ 😐	☐ ☹️

C *Cochez les informations qui correspondent au texte.*

Le quartier de Bonne …

- ☐ est un quartier pour les vieux.
- ☐ est le premier écoquartier de France.
- ☐ est le seul écoquartier à Grenoble.
- ☐ se trouve à la campagne.
- ☐ existe grâce à une initiative de la mairie.

Dans le quartier de Bonne, …

- ☐ on utilise des techniques innovantes.
- ☐ les habitants profitent des rues piétonnes.
- ☐ un grand parc urbain représente un poumon vert.
- ☐ les voitures sont interdites.
- ☐ on y trouve des panneaux solaires.

D *Est-ce que vous aimeriez vivre dans un quartier comme le quartier de Bonne avec votre famille? Pourquoi (pas)? Expliquez.*

____

____

____

____

____

____

____

En forme

3 Les étudiants de Grenoble (G 1) (nach SB S. 20, Nr. 5)

Moritz et son correspondant français Lucien écoutent un débat d'étudiants avec un homme politique à l'Université de Grenoble. Les étudiants parlent très vite et Moritz a des problèmes à tout comprendre. C'est pourquoi Lucien lui explique ce qu'ils ont dit.

A *Lisez les phrases à gauche et complétez les phrases à droite. Utilisez le* ***discours indirect****. Attention aux pronoms!*

Qu'est-ce qu'il/elle a dit?

Il / Elle a dit que …

	«Nous sommes tous ici parce que l'Université Grenoble Alpes nous a invités à réfléchir sur les possibilités de construire un monde de demain.»	Il a dit ________ ils ________ tous ici parce que l'Université Grenoble Alpes ________ ________ invités à réfléchir sur les possibilités de construire un monde de demain.
	«Quand j'étais petite, les océans m'intéressaient déjà beaucoup. Leur protection est toujours un des plus grands défis de nos jours.»	Elle a expliqué ________, quand elle ________ petite, les océans ________ déjà beaucoup et que leur protection ________ toujours un des plus grands défis de nos jours.
	«La ville de Grenoble et ses habitants continueront-ils à faire la différence?»	Il a ________ si la ville de Grenoble et ses habitants ________ à faire la différence.
	«Aujourd'hui, on parle de problèmes, demain, on les appellera défis.»	Il a dit ________ aujourd'hui, on ________ de problèmes et ________ demain, on les ________ défis.
	«Chacun de nous devra tout simplement réduire sa consommation en général.»	Cet étudiant a proposé que chacun de ________ ________ réduire ________ consommation en général.
	«Des solutions existeront bientôt et il faudra les réaliser vite.»	Cette étudiante a ________ que des solutions ________ bientôt et qu'il ________ ________ réaliser vite.

B *Et vous? Quelle est votre résolution pour un monde de demain?*

Notez votre résolution au discours direct.	Expliquez votre résolution à un / e ami / e. Utilisez le discours indirect.
	A l'Université de Grenoble, j'ai dit que …

Parler

4 A Rennes comme à Erlangen (nach SB S. 21, Nr. 7)

→ En plus S. 20, Nr. 1 △

A *Vous (**A**) habitez à Erlangen, la «ville du vélo» en Bavière, et vous roulez chaque jour à vélo. Aujourd'hui, vous discutez des moyens de transport avec Camille, votre correspondant / e de Rennes (**B**), la ville française jumelée avec Erlangen. Vous aimeriez convaincre Camille de faire pareil à Rennes. Pliez la feuille au milieu et décidez qui prend les rôles de **A** et **B**. **A** commence. Après, changez de rôle.*

A: Toi, habitant / e d'Erlangen	B: Ton / Ta correspondant / e de Rennes
1. Du sagst, dass du glücklich bist und erklärst, weshalb: Deine Stadt Erlangen hat erneut einen Preis für ihre Luftqualität gewonnen.	**1.** [Je suis heureux /-se parce que ma ville / parce qu'Erlangen a encore gagné un prix pour la qualité de l'air.]
2. [Génial! Comment est-ce qu'ils ont fait? Est-ce qu'ils ont aussi construit un téléphérique?]	**2.** Du freust dich für deine/n Austauschpartner/in und fragst, was die Stadt dafür gemacht hat und ob sie auch eine Seilbahn errichtet haben.
3. Du lachst, denn es gibt keinen richtigen Berg in Erlangen, aber dank Aktionen wie „Erlangen fährt Rad" fahren hier schon immer viele Leute mit dem Fahrrad zur Arbeit oder zur Schule.	**3.** [Ah, ah, ah! Il n'y a pas de vraie montagne ici à Erlangen! Mais grâce à des actions comme «Erlangen roule à vélo», de nombreuses personnes vont depuis toujours au travail ou à l'école à vélo.]
4. [Mais c'est trop dangereux! Y a-t-il des «autoroutes pour vélos»?]	**4.** Du meinst, das wäre zu gefährlich und möchtest wissen, ob es denn „Fahrradautobahnen" gibt?
5. Du verneinst, erklärst aber, dass es zahlreiche Fahrradwege und seit kurzem sogar „Fahrradstraßen" gibt, die man an den roten Linien am Rand erkennt.	**5.** [Non, mais il y a de nombreux chemins pour les vélos et depuis peu, il y a même des «routes pour vélos». On les reconnaît aux lignes rouges au bord.]
6. [Est-ce qu'avec d'autres véhicules, on pourrait aussi réduire la pollution de l'air?]	**6.** Du fragst, ob es mit anderen Fahrzeugen auch möglich wäre, die Luftverschmutzung zu reduzieren.
7. Du bist selbstsicher und listest auf: Transportfahrräder, Tretroller und elektrische Busse!	**7.** [Oui, bien sûr! On a aussi des vélos de transport, des trottinettes et des bus électriques.]
8. [Les trottinettes électriques, ce n'est pas génial! Les gens marchent moins et finalement, ils font moins de sport! En plus, ils les laissent partout. Ça m'énerve!]	**8.** Du bist mit den Tretrollern skeptisch: Dadurch laufen die Leute weniger und schließlich treiben sie weniger Sport! Außerdem nervt es dich, dass die Leute sie überall herumstehen lassen.
9. Du stimmst zu. Du findest aber, dass Rennes durchaus manche Ideen von Erlangen übernehmen könnte!	**9.** [Tu as raison, ce n'est pas idéal! Mais Rennes pourrait quand même copier certaines idées de la ville d'Erlangen!]

B *Et vous? Vous êtes pour ou contre les trottinettes électriques?*
Est-ce qu'il y a moins de pollution avec les trottinettes électriques? Discutez en classe.

Médiation

5 Grenoble: capitale écologique européenne (nach SB S. 21, Nr. 7)

→ En plus S. 22, Nr. 3 △

Pour un projet en classe vous devez faire une présentation sur les projets écologiques d'une grande ville française. Vous avez trouvé l'article suivant sur les projets de la ville de Grenoble dont le maire a transformé la ville en quelques années. Préparez un texte en français qui présente les projets et montrez les réactions controversées des Grenoblois.

Ces mots peuvent vous aider:
Bevölkerungsdichte la densité de population – **Smog** le smog – **Kohlendioxid** le dioxyde de carbone – **Feinstaub** les poussières *(f. pl.)* fines – **Geschwindigkeitsbegrenzung** la limitation de vitesse – **Schrebergarten** le jardin ouvrier – **Treibhauseffekt** l'effet *(m.)* de serre

Temperaturen über 35 Grad zu erwarten, einhergehend mit gefährlich hohen Schadstoff- und Ozonkonzentrationen in der Luft.

Übertrieben hatte das geklungen. Aber nun nimmt das in der Broschüre geschilderte Kesselphänomen eben doch Konturen an. Rundum ragen Berge auf, gekrönt von kahlen Felswänden. Im Ranking der am dichtesten besiedelten Gemeinden Frankreichs liegt Grenoble auf Platz drei. Und als das Fort erreicht ist, flimmert die Luft dann nicht mehr nur. Der Blick hinunter auf die Stadt bleibt in einer Dunstglocke hängen. Aber da ist auch Hoffnung. Grenoble rebelliert. Die Stadt wehrt sich gegen die von Autos freigesetzten Schadstoffe: gegen Krebs erregenden Feinstaub, den Treibhauseffekt verstärkendes CO_2, Augen und Atemwege reizendes Ozon. Der Bürgermeister Eric Piolle marschiert vorneweg (…). Wenn es um Umweltschutz geht, kennt er kein Pardon. Piolle hat in der Stadt flächendeckend Tempo 30 eingeführt. Mit quer durch die Stadt verlaufenden Fahrradschnellstraßen, neuen Straßenbahnlinien und Fußgängerzonen hat er Fortbewegungsalternativen geschaffen, Autofahrern das Vorankommen aber zugleich noch mehr erschwert.

Auch hat der Umweltschützer Eric Piolle zum 1. Januar 2017 eine Vignettenpflicht eingeführt. Anfang nächsten Jahres folgt der nächste Schritt: Rund um den verkehrsberuhigten Teil Grenobles soll dann Frankreichs größte Zone mit niedrigem Schadstoffausstoß (ZCR) entstehen. „Lust auf Umweltschutz will ich machen", sagt er. Nur so, glaubt er, könnten sich dauerhaft neue Reflexe herausbilden – wie etwa jener, das Auto am Stadtrand auf einem der acht großen Parkplätze abzustellen. „Um 50 Prozent verbilligte Bahn- und Bustickets für Jugendliche, 320 Kilometer Radwege im Großraum Grenoble, 12 000 Fahrradstellplätze oder auch neue Straßenbahnlinien – da macht es doch Spaß, das Auto stehen zu lassen", findet der Bürgermeister. Er selbst fährt mit dem Dienstfahrrad zur Arbeit.
Und gibt es etwas Schöneres als Radfahren in Grenoble? Gegen eine Tagesmiete von drei Euro händigt eine Mitarbeiterin des Unternehmens Métrovélo am Bahnhof das Rad Nummer 8125 aus. Knallgelb ist es und erstaunlich leicht. Fast alles kann man mit ihm machen, ist Radfahrern in Grenoble doch fast alles erlaubt. Für Frankreich ist es eine Revolution.

Am Ufer der Isère angelangt, stößt man auf einen der von Piolle in Auftrag gegebenen öffentlichen Schrebergärten. Bürger können dort Blumen pflanzen oder Gemüse anbauen. „Eine friedvolle Stadt", hat Piolle den Bürgern versprochen. Plakative Aufforderungen zum Konsum, findet er, vertragen sich damit nicht. Das Stadtoberhaupt hat sie im öffentlichen Raum verboten. Auf Gegner des Wandels stößt man beim Radeln allerdings auch. Jérémie Granier hat noch nicht resigniert. Der Geschäftsführer der Brasserie Chavant ist wütend. Stammkunden blieben zunehmend aus, erzählt er. Sie zögen Gaststätten vor, die mit dem Auto erreichbar seien. Der Umsatz sei um 20 Prozent eingebrochen […]. Aus Kostengründen hat Eric Piolle drei öffentliche Bibliotheken schließen lassen. Kinderkrippenplätze, die er schaffen wollte, stehen aus. Am eigenen Gehalt hat der Politiker ebenfalls den Rotstift angesetzt. Aber am Umweltschutz sparen? So weit wird es Eric Piolle nicht kommen lassen.

Atelier B

Lire

6 A propos du texte (nach SB S. 25, Nr. 2)

Lisez bien le texte du livre p. 24 et répondez aux questions.

A *Que sait-on sur Samuel et Jean-Pierre? Présentez-les: âge / métier / lieu(x) d'habitation / de quelles mesures parlent-ils? Faites des phrases.*

B *Vrai, faux ou pas dans le texte? Si c'est faux, prouvez votre choix par une citation du texte dans votre cahier et indiquez la ligne.*

		vrai	faux	Ligne
1.	Dans son entreprise, Samuel fait des recherches sur l'environnement.	☐	☐	
2.	On trouve déjà des «autoroutes pour vélos» en Europe.	☐	☐	
3.	La plupart des habitants de Grenoble sont pour l'autoroute pour vélos.	☐	☐	
4.	La mairie de Grenoble veut seulement des voitures électriques en ville.	☐	☐	

C *Répondez aux questions.*

1. *Résumez les raisons pour lesquelles Samuel ne peut pas encore aller au travail en vélo. (au moins deux raisons).*

2. *«Cité-Lib»: Décrivez et expliquez.*

3. *Jean-Pierre dit: «J'ai vu la ville changer.» Contrastez la ville avant et après les changements.*

   La ville avant *(au moins deux aspects):*

   La ville après *(au moins deux aspects):*

4. *Mettez en contraste les points de vue de Jean Pierre et de Samuel.*
5. *Bonus: Présentez les points de vue de Samuel et de Jean-Pierre dans un jeu de rôle.*

En forme

7 Ce qui compte pour les personnes âgées. (G 2) (nach SB S. 25, Nr. 3)

En colère, Jean-Pierre écrit à la mairie de Grenoble.
*A gauche, complétez ses propos au discours direct avec **«Qu'est-ce qui / Qu'est-ce que / Qu'est-ce qu'»**.*
*A droite, réécrivez ses propos au discours indirect avec **«ce qui / ce que / ce qu'»**.*

Je me demande:	**Je me demande …**
1. « Qu'est-ce qui ______ se passe* dans votre tête? Vous pensez à nous, les personnes âgées?»	1. ce qui ______ se passe dans votre tête.
2. «______ vous vous imaginez? Pourquoi avons-nous une voiture, vous avez réfléchi à ça?»	2. ______ vous vous imaginez.
3. «______ on fait avec notre voiture?»	3. ______ on fait avec notre voiture.
4. «______ est plus important pour nous?»	4. ______ est plus important pour nous.
5. «La ville a déjà beaucoup changé. ______ vous voulez encore changer?»	5. ______ vous voulez encore changer.
6. «Vous êtes-vous posé la question: «______ manque à Grenoble pour améliorer le transport?»	6. ______ manque à Grenoble.

En forme

8 On raconte qu'elle était une championne … (nach SB S. 25, Nr. 3)

Deux personnes âgées attendent derrière deux jeunes, Guy et Chloé, qui demandent des informations à une dame de l'office de tourisme de Grenoble. L'une d'elles n'entend pas bien mais elle est curieuse et demande toujours à l'autre «Qu'est-ce qu'ils ont dit?». Ecrivez à droite les phrases au discours indirect.

1. G: Où est-ce que nous **pouvons** skier près de Grenoble?	1. Guy a demandé **où** ils **pouvaient** skier près de Grenoble.
2. D: **Avez-vous déjà fait** du ski?	2. La dame voulait savoir ______
3. G: J'**ai commencé** à 4 ans. J'**aimerais** encore m'améliorer. Chloé, elle, ne **sait** pas faire de ski.	3. Guy ______
4. D: Alors vous **aimeriez** prendre des cours de ski? L'office **pourrait** organiser cela pour vous.	4. La dame ______
5. C: Oui, je **serai** heureuse de monter enfin sur des skis. Guy, est-ce que tu **feras** du ski avec moi?	5. Chloé ______
6. G: Bien sûr. Tu **es** une championne de hockey. Tu **as même gagné** une médaille.	6. Guy ______

* Möglich wäre auch „Qu'est-ce qu'il se passe …"

En forme

9 Chasse aux fautes (nach SB S. 26, Nr. 4)

Corrigez les fautes soulignées ou trouvez le mot correct dans le contexte.

1. Les piétons se rendent conte que c'est agreable de marcher à pied. ______________
2. Ainsi, on limite la consumation d'energy et la quantity de CO_2 dans l'air. ______________
3. Mais la trotinnete electric attire de plus à plus de piétons. ______________
4. Bien sûr, elle ni attire ne les handikappés ni les personnes âgés. ______________
5. Elles disent qu'est-ce qu'elles en pensent: c'est ni ne propre ni écologique. ______________
6. Elles se demandent ce que les scientistes vont développer comme vehicles innovants qui ne pas encore existent. ______________
7. Mais pour l'instant, on a ne pas trouvé encore la solution idéale: ne les vélos ne les voitures électriques ni suppriment les piques de pollution. ______________
8. Est-ce que nous avons ne chance aucun de régler ces problèmes? ______________
9. Si, car la recherche avance. Il y n'a aucun raison d'être pessimiste pour l'avenir! ______________

Ecouter

10 Pas encore assez écologique? (nach SB S. 26, Nr. 4)

→ En plus S. 21, Nr. 2 △

8 *Au camping, six Français discutent de leur ville ou village. Ecoutez bien, puis cochez la bonne solution.*

1. Il a des problèmes de logement? ☐ Oui. ☐ Non.
2. Dans le village, il y a ☐ 0 ☐ 1 ☐ 5 ☐ 11 commerce(s).
3. Tout le monde accepte des problèmes avec la pollution de l'eau. ☐ Oui. ☐ Non.
4. La personne montre du respect pour l'environnement. ☐ Oui. ☐ Non.
5. Là, on ne peut rouler qu'avec des voitures électriques de la mairie? ☐ Oui. ☐ Non.
6. La personne est heureuse dans son entreprise car tout est écologique. ☐ Oui. ☐ Non.

Parler

11 Le Tour de France – un défi écologique?

*Dans un article, le maire de Lyon, Grégory Doucet, critique le Tour de France. Pour lui, le Tour serait «machiste et polluant». Vous (**A**) ne comprenez pas bien pourquoi il dit cela et vous en parlez avec votre correspondant/e français/e (**B**) qui est un fan de vélo. Travaillez à deux. Décidez qui prend le rôle **A** et le rôle **B**. **A** commence. Puis changez de rôle. L'élève **C** note dans le tableau si **A** et **B** ont bien utilisé les informations de l'unité.*

A (toi)
- habite en Bavière, à Erlangen
- adore le vélo
- participe chaque année à une randonnée à vélo en France
- regarde tous les ans le Tour de France à la télévision
- a lu l'article du maire de Lyon et ne comprend pas bien
- veut savoir ce qui pose problème avec le Tour de France
- veut savoir ce qui est polluant
- comprend mieux la critique du maire de Lyon pour ce qui est de l'environnement
- ne comprend pas pourquoi «machiste»

B (votre correspondant/e)
- habite à Lyon
- adore le vélo
- connait bien les pistes cyclables en France
- a fait l'expérience que le nouveau maire de Lyon a fait beaucoup pour le vélo à Lyon
- pense aussi que le Tour de France pose des problèmes à l'environnement
- parle des touristes, des journalistes, des voitures qui accompagnent le Tour de France
- parle des objets publicitaires
- ajoute que le Tour de France reste un rendez-vous sportif pour tous les fans de vélo
- ajoute qu'il y a même un Tour de France féminin

C

- ☐ A et B ont utilisé au moins 10 mots de l'unité *[un site, un défi, développer qc, idéal(e), une initiative, supprimer, un panneau publicitaire, les transports en commun, un reporter/une reportrice, solaire, un accident, les respect, l'environnement, une piste cyclable, le réchauffement climatique, une mesure, un homme/une femme politique, se rendre compte que, une quantité, le dioxyde de carbone, les déchets, le sol, sale, un avantage, un inconvénient, un aspect].*
- ☐ A et B ont utilisé au moins une fois *la concordance des temps ou ce qui/ce que.*
- ☐ A et B ont respecté la chronologie du dialogue.
- ☐ A et B on parlé de manière spontanée.

On combine

12 On combine (nach SB S. 28, Nr. 7)

→ En plus S. 23, Nr. 4 △

Lisez bien le contexte pour compléter correctement le texte avec les mots à droite.
*Utilisez **ce qui** ou **ce que / ce qu', ne … aucun / e, ne … pas encore, ne … ni … ni, ni … ni … ne** et le temps correct au **discours indirect**.*

1. Moi, je ______________________ ville sans problème. Et vous? — connaître (présent) / ne … aucun(e)
2. Les résidents de Grenoble ont toujours pensé que ______________________ trop beau s'il n'y avait pas de problèmes! — «Ce serait trop beau!»
3. En mai dernier, ils ont demandé au maire ______________________ ______________________ pour améliorer la qualité de la vie dans ______________________ ville.» — «Qu'est-ce que nous pouvons faire … dans notre ville?»
4. Il a répondu ______________________ des demandes à des entreprises et ______________________ toutes les offres ______________________. — «Nous avons envoyé … Nous aurons toutes les offres dans deux mois.»
5. Mais les habitants étaient inquiets car ______________ l'écologie, ______________ le réchauffement climatique, ______________ la pollution de l'air ______________ permettent d'attendre encore plus longtemps. — ni / ne / ni / ni
6. Le maire était en colère. Il leur a demandé ______________________ ______________________ et ______________________ que les administrations ______________________. Pas si vite! — «Qu'est-ce que vous vous imaginez?» — «Comment croyez-vous que les administrations marchent?»
7. Puis il a demandé ______________________ dans le passé et ______________________ des propositions pour l'avenir. — «Qu'est-ce qui ne vous avait pas plu …? Auriez-vous …?»
8. Mais les habitants ______________________ à cela et ils ______________________ proposition à faire. — réfléchir (plus-que-parfait) / ne … pas encore; avoir (imparfait) / ne … aucun(e)
9. Le maire leur a dit calmement: «Alors je ______________________ vos critiques ______________ votre mauvaise humeur. Vous exagérez!» — accepter (présent) / ni / ne / ni

Pratique: tâches

13 Pratique: tâche

MK

Réaliser une recherche de stage

Vous cherchez un stage en France? Vous pouvez regarder sur le site de l'OFAJ ou vous inscrire à «Pôle emploi», l'administration qui s'occupe des gens qui recherchent un emploi en France.

A *Suivez les informations pour vous inscrire, puis imaginez une simulation pour votre job de rêve! Vous n'avez pas de compte à Pôle emploi:*

PÔLE EMPLOI

Accès à tous nos services en ligne!
527315 offres d'emploi

Métier:

Mot-clé:

Pas encore inscrit à Pôle emploi? → Créez votre compte

Cliquez à droite et suivez les explications

Commencer mon inscription

Vidéo explicative

Quand vous avez créé votre compte, entrez dans votre espace personnel. Vous avez trois possibilités:

1) Connectez-vous sur le site de Pôle emploi (www.pole-emploi.fr).

Indiquez votre identifiant / nom d'utilisateur:

2) Utilisez l'application mobile gratuite.

Tapez votre code personnel:

Allez sur

Pôle emploi / Mon espace

Vous pouvez scanner des justificatifs.

annuler | valider

3) Téléphonez au 00 33 9 72 72 39 49

Vous avez un problème?
Contactez votre conseiller par mail ou via un lien dans votre espace personnel.

On est là pour vous!

pôle emploi

B Travaillez à deux: **A** joue la personne qui a un problème technique et **B** joue le conseiller en ligne de Pôle emploi.

Pratique: tâches

C *Vous avez déjà créé votre compte à Pôle emploi.*

1. *Lisez ce que vous avez à faire pour commencer votre recherche de stage.*

2. *Les phrases ci-dessous représentent toutes les étapes pour s'inscrire et pour candidater à Pôle emploi.*

- **Vous êtes inscrit à Pôle emploi:**

→ Vous pouvez commencer votre recherche.

Indiquez votre identifiant / nom d'utilisateur:

VOTRE RECHERCHE:

Vous indiquez le métier que vous cherchez et la zone géographique, c'est tout.

Rechercher une offre d'emploi

Choisissez un domaine d'activité.

Choisissez un lieu de travail.

LES RÉSULTATS DE VOTRE RECHERCHE:

Voici les entreprises qui correspondent à votre recherche:

Pour candidater, cliquez sur le logo.

Reliez d'abord les débuts et les fins de phrases, puis mettez-les dans le bon ordre des étapes.

1	Commencer la recherche:	a	mon espace personnel
2	Lire les résultats	b	site de Pôle emploi.
3	Entrer dans	c	indiquer le métier et la zone géographique
4	Se connecter au	d	créer son compte
5	Cliquer sur les	e	de la recherche
6	S'inscrire et	f	offres des entreprises

Le bon ordre est: ______; ______; ______; ______; ______; ______

3. *Expliquez à votre partenaire ce que vous devez faire pour candidater.*

Bilan

→ Solutions: page 121.

1 Parler

Vous voulez faire un séjour à Grenoble avec deux amis français, mais ils ne peuvent pas se mettre d'accord. Voilà ce qu'ils pensent de cette ville: *Essayez de trouver un compromis:* – *Répétez les arguments de vos amis avec vos propres mots.* – *Faites des propositions.* – *Donnez des arguments.*	**Noah** ☺: «Grenoble était la Capitale Verte Européenne 2022. C'est génial, parce que cette ville est responsable, elle respecte l'environnement et a réagi au bon moment! J'aimerais bien y aller avec toi!» **Maxime** ☹: «A Grenoble, personne ne pense aux habitants ou aux touristes. Ce sont seulement les actions écologiques qui comptent. Je trouve cette ville vraiment ennuyeuse: on ne peut rien y faire! Alors, non, merci! Je n'aimerais pas du tout y passer quelques jours. Mais on pourrait peut-être faire du vélo ensemble dans les montagnes.»

2 En forme (G 1/2)

Alice a fait un sondage parmi les élèves de son collège sur leur consommation. Voilà des questions et réponses. Complétez les phrases au discours indirect.

Le matin, Alice fait des interviews.	*Le soir, Alice raconte sa journée à son frère: «Aujourd'hui, j'ai fait des interviews avec des élèves.*
1. *Alice demande:* «Qu'est-ce qu'on pourrait faire pour consommer mieux et dépenser moins?»	**1.** D'abord, je ________ ai demandé ________ on ________ faire pour consommer mieux et dépenser moins.
2. *Sophie dit:* «Tout le monde devrait manger moins de viande. Autrefois, les gens achetaient moins de viande parce que ça coûtait cher.»	**2.** Une fille a dit ________ tout le monde ________ manger moins de viande et ________ autrefois, les gens ________ moins de viande parce que ça ________ cher.
3. *Luc explique:* «Ma famille passera à l'électricité verte. En plus, nous choisissons toujours des fruits et légumes locaux et de saison.»	**3.** Un garçon m'a ________ que sa famille ________ à l'électricité verte. Il a ajouté ________ ils ________ toujours des fruits et légumes locaux et de saison.
4. *Alice veut savoir:* «Tu as déjà changé tes habitudes pour consommer moins?»	**4.** Puis j'ai ________ savoir si les élèves ________ déjà ________ ________ habitudes pour consommer moins.
5. *Marc raconte:* «Moi, j'essaie de consommer moins d'énergie électrique. Ce serait plus facile sans portable et sans ordinateur.»	**5.** Un garçon a ________ ________ il ________ de consommer moins d'énergie électrique. Mais il a dit que ce ________ plus facile sans portable et sans ordinateur.»

Bilan

3 Ecouter

Avant l'écoute:
Regardez la photo et expliquez en français ce qu'est le gaspillage alimentaire avec vos propres mots.
Le **gaspillage alimentaire** c'est quand …

9

Pendant l'écoute:
Lis les questions, écoutez le texte et répondez aux questions.

1. Quel est le pourcentage de nourriture gaspillée dans le monde?
   ____
2. La nourriture gaspillée représente en France ________ kg par personne et ________ kg par famille par an.
3. D'après le journaliste, réduire le gaspillage est très compliqué. ☐ vrai ☐ faux
   Justification: ______________________________
4. Quelles sont les 3 causes du gaspillage alimentaire?
   ____
   ____
5. Quelles sont les solutions au gaspillage alimentaire? (Cochez) ☐ acheter des produits bio
   ☐ faire un plan pour le menu ☐ recycler les restes ☐ faire une liste de courses
   ☐ respecter la date de péremption (Verfallsdatum) ☐ conserver les restes
6. le gaspillage de nourriture, c'est du gaspillage d'______________________________
7. Et vous? Est-ce que vous respectez la date de péremption (Verfallsdatum)? Pourquoi (pas)?
   Ecrivez vos raisons dans votre cahier.

4 Chasse aux fautes

Lucie n'a pas pu aller en cours de géographie mais son corres allemand lui a écrit ce que le prof avait dit. Malheureusement, il doit encore faire des efforts en français. Corrige les passages soulignés à droite.

Monsieur Morel nous a expliqué que la ville de Grenoble a été aujourd'hui un site touristique important. Alors nous, on veut savoir pourquoi. Il a expliqué que la ville s'était trouvée au cœur des Alpes et qu'elle attirait les visiteurs avant de devenir une ville sportive. Il nous a demandé ce que nous a fait rêver dans cette ville. Nous avions répondu que c'étaient sa qualité de vie et son respect de l'environnement. Monsieur Morel a raconté que le téléphérique ouvrait même ses portes avant la guerre! Il a expliqué qu'il aimera bien faire une via ferrata avec nous car on avait une vue magnifique de là haut. Mais il a ajouté qu'on voit peut-être vite le problème de la ville: sa situation géographique. Il nous a demandé ce qui nous en pensions. A la fin, il expliquait que, grâce au maire Eric Piolle, la situation ira s'améliorer peut-être.

En plus: différenciation

Ecrire / Parler

1 Présenter un projet écologique

MK

Votre classe veut lancer un projet écologique «zéro déchet» dans votre école. Votre objectif? Réduire au maximum toutes sortes d'emballages, surtout en plastique, et les éviter si possible, à l'école comme à la maison. Pour convaincre le / la principal / e de ce projet, vous préparez une présentation sur ordinateur.

un sac en plastique

un sac en papier

sans emballage

A Préparer la présentation

Avant de commencer, posez-vous les questions suivantes:

1. Quel est l'objectif de votre présentation?
2. Pour qui est-ce que vous créez la présentation?
3. Quels seront les arguments utiles?

Puis faites des recherches, par exemple sur le «zéro déchet».
Choisissez des images, photos, graphiques, etc. pour illustrer votre présentation.
Notez bien les sources.

B Créer la présentation sur ordinateur

- Choisissez un désign simple et des couleurs simples.
- Evitez trop trop d'icônes et trop de textes (six lignes maximum) sur une page. Utilisez des mots-clés.
- Sur la première page, indiquez le titre et la structure de votre présentation.
- Evitez des longues phrases et choisissez des informations importantes et intéressantes.
- Faites attention à la bonne qualité des images, graphiques, diagrammes et tableaux et indiquez une courte légende au-dessous.
- Attention! Votre présentation orale ne devra pas être identique à votre texte écrit mais être vivante pour intéresser vos camarades.
- Indiquez la source *(Quelle)* de chaque élément que vous n'aurez pas créé vous-même.

C S'entraîner pour la présentation

Entraînez-vous à la maison avec un / e camarade de classe.

Ecouter

2 Un projet sur l'architecture verte

10 *En cours de français, vous préparez un projet: votre classe va participer à un concours de votre ville / région sur le thème «Architecture verte». Pour avoir des idées, vous avez écouté des interviews et sur Internet, vous avez regardé des projets intéressants sur le «Grand Paris». Votre prof a fait un podcast de vos discussions.*
Ecoutez l'interview de M. Alméras et le podcast de votre prof, puis complétez et cochez la / les bonne / s réponse / s.

A Avant l'écoute: *Quels projets d'architecture connaissez-vous à Paris?*

B Pendant l'interview de M. Alméras:

1. «L'urbanisme du futur est une architecture écologique qui ______________________________».
2. Quel matériel nomme-t-il? ☐ des câbles ☐ l'or ☐ le bois ☐ le verre
3. Il faut réduire la consommation ________________ et ________________.
4. On trouve de l'agriculture urbaine sur
   ☐ les façades. ☐ les murs. ☐ les terrasses. ☐ les toits.
5. Sur les «________________», on ne fait pas toujours la différence entre logement et le jardin.
6. D'après M. Alméras, l'architecture écologique, c'est aussi pour les
   ☐ restaurants. ☐ bateaux. ☐ cafés. ☐ zoos. ☐ supermarchés.
   ☐ centres sportifs. ☐ cabanes de jardin. ☐ centres artistiques. ☐ entreprises.
7. On utilise par exemple des anciennes ________________ pour en faire des constructions modernes.
8. M. Alméras: «À quoi ça sert de faire des beaux bâtiments si on n'y a pas ________________ facilement avec les transports»?

C Pendant le podcast des élèves:

1. Pour le projet «Mille Arbres», on construit des logements sur un toit avec 1000 arbres autour.
   ☐ vrai ☐ faux Si c'est faux, corrigez: ______________________________
2. Les élèves ont trouvé des projets d'architecture innovante pour
   ☐ des anciens ateliers. ☐ un ancien fort. ☐ une ancienne entreprise.
3. Parfois, sur les toits, on peut se ________________ ou construire une ________________.
4. Comme ça, on peut réduire la distance entre les ________________ et nous.

D Après l'écoute: *Est-ce que vous aimeriez faire un projet sur l'architecture verte? Pourquoi (pas)? Discutez avec votre partenaire.*

Médiation

3 Nachhaltige Ernährung – mit Genuss die Welt retten

Votre mère a décidé de changer les habitudes alimentaires de votre famille parce qu'elle veut réduire votre empreinte écologique. Votre corres Antoine voudrait proposer à sa mère de faire pareil. Grâce à un article intéressant que vous avez trouvé sur Internet, vous expliquez à Antoine les conséquences de notre alimentation en général et ce que les familles peuvent changer dans leur vie quotidienne. Ecrivez un courriel (220–250 mots).

Erdbeeren im Dezember? Spargel im Januar? Viele Obst- und Gemüsesorten sind dauerhaft verfügbar, obwohl sie im Winter gar nicht auf dem Feld wachsen können. Das verändert das Kaufverhalten und belastet die Umwelt erheblich.

Eine gesunde Umwelt ist für ein gutes Leben unverzichtbar. Dem stimmen 99 Prozent der Befragten einer Umfrage des Umweltbundesamts zu. Warum ist auch eine nachhaltige Ernährung für eine intakte Umwelt wichtig? Reicht es nicht, auf den Energieverbrauch und die Flugemissionen zu achten? Leider nicht: Die Produktion von Essen verbraucht große Mengen Energie und viele Ressourcen. Das belastet die Umwelt so sehr, dass der ökologische Fußabdruck Deutschlands zu 35 Prozent aus der Ernährung resultiert.
Bei der Herstellung, dem Transport und der Lagerung von Nahrungsmitteln entstehen viele Umweltschäden, von Wasserknappheit über Bodenzerstörung durch Erosion bis hin zur Überfischung der Meere. Eine intensive, nicht nachhaltige Bewirtschaftung der landwirtschaftlichen Flächen mindert die Bodenqualität und belastet die Umwelt zusätzlich.
Besonders einschneidend ist die Produktion von tierischen Lebensmitteln: Ihre Erzeugung braucht weltweit ungefähr 80 Prozent der landwirtschaftlichen Nutzfläche. Tierische Lebensmittel decken aber nur 17 Prozent der weltweiten Lebensmittelversorgung ab. Ein kleiner Teil für eine so große Fläche.
Nachhaltige Ernährung soll, neben dem Schutz der Umwelt, noch mehr bewirken: (…) Das Ziel ist, neben einer dauerhaft gerechten Bewirtschaftung der Erde, die gegenwärtige Lebenssituation der Menschen zu verbessern, ohne die Chancen zukünftiger Generationen negativ zu beeinflussen.
Knackig formuliert: Wer sich nachhaltig ernährt, kauft regional, bezahlt fair, isst saisonal und kocht bewusst.

Was bedeutet das für den Alltag?
Nachhaltige Ernährung beginnt im Einkaufswagen. Es gibt viele Schritte, die man nicht alle sofort ausführen muss. Auch mit kleinen Veränderungen leistet man einen aktiven Beitrag. Die Deutsche Gesellschaft für Ernährung e.V. (DGE) empfiehlt für die tägliche Ernährung Mischkost, die zu 75 Prozent aus pflanzlichen Produkten und zu 25 Prozent aus tierischen Produkten besteht. (…) Der Fleischkonsum prägt den größten Teil des ökologischen Fußabdrucks der Ernährung. (…) Sinkt der Fleischkonsum, kann auch der CO_2-Ausstoß sinken: Im Vergleich zu fleischbetonter Kost kann pflanzenbetonte Mischkost die Entstehung der Treibhausgase um 15 Prozent reduzieren.

Genuss? Geht auch regional und saisonal!
Die Dauerverfügbarkeit von pflanzlichen Lebensmitteln belastet die Umwelt: Das Obst und Gemüse legt einen langen Weg zurück. Die Treib- und Lagerhäuser verbrauchen viel Energie. Eine Ernährungsweise, die regionale und saisonale Gegebenheiten missachtet, erhöht die Treibhausgasproduktion.
Der Griff zu saisonal erhältlichem Obst und Gemüse leistet einen aktiven Beitrag zu nachhaltiger Ernährung. (…) Wer zusätzlich regional einkauft, setzt nicht nur ein Zeichen für kürzere Transportwege, sondern unterstützt auch die lokale Wirtschaft. Ein weiterer Vorteil: Regionale Früchte schmecken oft besser. Sie konnten voll ausreifen und sind frisch, weil sie keinen langen Transport ertragen mussten.
(…) Wer auf dem Weg zu einer nachhaltigeren Ernährung einen Schritt weitergehen möchte, kann zusätzlich auf die Produktionsbedingungen der Lebensmittel achten und öfter zu Produkten mit Fair-Trade- oder Biosiegel greifen. (…) Faire Preise für Ökolebensmittel sichern nicht nur Existenzen und verbessern Arbeitsbedingungen. Sie schonen auch unsere Natur und ihre begrenzten Ressourcen (…).

On combine

4 Grenoble verte (G 1/G2)

Lisez bien le contexte pour compléter correctement le texte avec les mots à droite.
Utilisez ***ce qui*** *ou* ***ce que/ce qu',*** ***ne … aucun/e, ne … pas encore, ne … ni … ni, ni … ni … ne …*** *et le temps correct au* ***discours indirect.***

1. Moi, je ___________ ne connais ___________ ville sans problème. Et vous?
2. Les résidents de Grenoble ont toujours pensé que ce s___________ trop beau s'il n'y avait pas de problèmes!
3. En mai dernier, ils ont demandé au maire ce ___________ ils pouva___________ faire pour améliorer la qualité de la vie dans l___________ ville.
4. Il a répondu qu'il___________ ava___________ des demandes à des entreprises et ___________ ___________ au___________ toutes les offres deux mois plus ___________.
5. Mais les habitants étaient inquiets car ___________ l'écologie, ___________ le réchauffement climatique, ___________ la pollution de l'air ___________ permettent d'attendre encore plus longtemps.
6. Le maire était en colère. Il leur a demandé ce ___________ ___________ s'imagin___________ et c___________ ___________ croy___________ que les administrations march___________. Pas si vite!
7. Puis il a demandé ___________ ne leur av___________ ___________ dans le passé et ___________'ils aur___________ des propositions pour l'avenir.
8. Mais les habitants ___________ avaient ___________ réfléchi à cela et ils ___________ avaient ___________ proposition à faire.
9. Le maire leur a dit calmement: «Alors je ___________ accepte ___________ vos critiques ___________ votre mauvaise humeur. Vous exagérez!»

1. connaître (présent) / ne … aucun(e)

2. …: «Ce serait trop beau!»

3. «Qu'est-ce que nous pouvons faire … dans notre ville?»

4. «Nous avons envoyé … Nous aurons toutes les offres dans deux mois.»

5. ni / ne / ni / ni

6. «Qu'est-ce que vous vous imaginez? Comment croyez-vous que les administrations marchent?»

7. «Qu'est-ce qui ne vous avait pas plu …? Auriez-vous …?»

8. ne … pas encore; n'… aucune

9. ni / ni / n'

Un peu d'entraînement

→ Lösungen findest du auf S. 122.

Lire

1 Jobs d'été: à quel âge et dans quelles conditions?

A Avant la lecture

Avez-vous déjà fait un petit boulot? Ou un/e de vos copains/copines?
Si oui, qu'est-ce que vous avez fait/ils ont fait comme travail? Quels ont été vos/leurs expériences?

B Pendant la lecture

Lisez d'abord les questions, puis soulignez les mots-clés.

Livreur, caissier, agent de centre d'appel, animateur en centre aéré, hôtesse d'accueil dans un camping, saisonnier agricole, chargée des inscriptions des étudiants à la fac … Vous êtes à la recherche d'un job d'été pour financer vos études ou vos vacances? A quel âge peut-on commencer à travailler? Quels sont vos droits en tant que salarié? Quel est le salaire[1] minimum selon votre âge? Des conditions de travail particulières sont-elles prévues? Réponses avec Service-Public.fr.

Un job d'été est un emploi comme un autre et est donc soumis au droit du travail en ce qui concerne:

1. ***L'âge à partir duquel on peut travailler:*** vous pouvez travailler dès[2] 16 ans. Le travail peut toutefois être autorisé à partir de 14 ans, mais des règles particulières doivent alors être respectées. […]
   Un mineur[3] âgé de 14 ans ou 15 ans peut travailler, uniquement[4] pendant les vacances scolaires, dans les conditions suivantes:
   - Les vacances scolaires doivent durer au moins 14 jours.
   - Le mineur doit bénéficier[5] d'un repos continu d'une durée au moins égale à la moitié de la durée totale des vacances (par exemple, pour une période de vacances de 2 semaines, le mineur ne peut pas travailler plus d'une semaine).

   Pour les jeunes entre 16 et 18 ans: si vous faites partie de cette catégorie, alors il vous sera possible de travailler pendant et en dehors des vacances scolaires. Si vous êtes mineur, il faut présenter l'accord écrit de vos deux parents.

2. ***Les conditions de travail:*** vous devez respecter les règles générales du travail […] et vous avez accès aux mêmes avantages (cantines, pauses …)
   Toutefois, si vous avez moins de 18 ans, vous bénéficiez de protections particulières:
   - durée maximale de travail: entre 14 et 16 ans, pendant les vacances scolaires, vous ne pouvez pas travailler plus de 35 h par semaine ni plus de 7 h par jour;
   - vous ne pouvez pas travailler la nuit.

3. ***Le salaire*** […] est égal au moins au Smic[6] pour les 18 ans et plus, […] 80 % du Smic pour les moins de 17 ans et de 90 % du Smic pour les jeunes de 17 à 18 ans. […].

---

1 le salaire Lohn, Gehalt **2 dès** bereits ab **3 un mineur** Minderjähriger **4 uniquement** ausschließlich
5 bénéficier de qc *(hier:)* etw. bekommen **6 le Smic** Mindestlohn

C Après la lecture

Beaucoup de jeunes ont envie de faire un petit boulot. Mais ils ne connaissent souvent pas les règles. Lisez leurs questions et corrigez les propositions quand elles sont fausses.

Oui Non

1. Pendant les vacances d'été, je vais passer deux semaines chez mon oncle, qui a un camping au bord de la mer. Il m'a proposé de l'aider à l'accueil. J'ai très envie de faire ce petit boulot, mais est-ce que j'en ai le droit? J'ai seulement 14 ans. ☐ ☐

   Réponse: ______________________________

   ____

   ____

   ____

2. J'ai 17 ans et j'ai trouvé un job d'été, mais mon père n'est pas d'accord. Est-ce que cela pose un problème? ☐ ☐

   Réponse: ______________________________

3. Un petit restaurant dans ma rue cherche des jeunes pour le service pendant toute l'année. J'ai 16 ans et mes parents me permettent de travailler un week-end sur deux. Est-ce possible de faire ce job? ☐ ☐

   Réponse: ______________________________

   ____

4. J'ai 15 ans et je vais travailler dans une petite entreprise cet été. Mais je ne sais pas comment je vais faire à midi. Une copine qui y a travaillé l'année dernière m'a dit qu'on n'avait pas le droit de manger à la cantine de cette entreprise. Est-ce que je dois accepter cette interdiction? ☐ ☐

   Réponse: ______________________________

   ____

5. Mon frère (17 ans) et moi (15 ans), nous avons trouvé un job d'été où nous travaillerons 5 heures par jour du lundi au jeudi. C'est super! Mais là, je viens d'apprendre qu'il gagnera plus d'argent que moi pour le même travail! Je pense que c'est parce que je suis une fille. Est-ce que je peux demander le même salaire? ☐ ☐

   Réponse: ______________________________

   ____

6. Quel est le Smic actuellement en France? (Cherchez sur Internet).

   Réponse: ______________________________

   ____

Ecrire

2 Envoyer un courriel

Pendant les vacances d'été, vous avez du temps libre et vous voulez gagner un peu d'argent pour vous faire un petit cadeau. Voici deux endroits où vous pouvez écrire pour avoir un petit job. Pour le marché de Nice (1.), contactez l'Office de tourisme Nice-Côte d'Azur et écrivez un message. Précisez quand vous êtes libre et demandez sur quel stand vous pouvez travailler.

1. Au marché de Nice

Nous contacter

Nom: ______________________ **Code postal:** ______________________

Prénom: ______________________ **Ville:** ______________________

Adresse: ______________________ **E-mail:** ______________________

Message: Bonjour, je m'appelle ______________________, j'ai __________ ans et je

cherche ____

____

____

Cordialement, ____

2. «Food truck»

Pour le «food truck», contactez le vendeur et écrivez un message. Précisez quand vous êtes libre et demandez si vous recevez de l'argent pour votre travail.

Restauration ambulante – Nous contacter

Nom: ______________________ **Code postal:** ______________________

Prénom: ______________________ **Ville:** ______________________

Adresse: ______________________ **E-mail:** ______________________

Message: Bonjour, je m'appelle ______________________, j'ai __________ ans et je

cherche ____

____

____

Cordialement, ____

Unité 2
Un job d'été en France?

Atelier A

Lire **1** **A propos du texte** (nach SB S. 36, Nr. 1)

Lisez le texte. Cochez la / les bonne / s réponse / s ou écrivez l'information demandée.

1. Pourquoi est-ce que Yannick est surpris quand il chatte avec Sam la première fois?

____

____

2. Quelle est la grande différence de comportement entre Yannick et Sam?

____

____

3. Sam ☐ habite à Nice. ☐ habite à Nuremberg.

4. Yannick ☐ habite à Nice. ☐ habite à Nuremberg.

5. Yannick veut parler à Sam parce qu'elle s'occupe du jumelage Nice – Nuremberg.

☐ vrai ☐ faux

Justification: ______________________________

6. Yannick cherche un job où …

☐ il peut s'occuper de personnes âgées. ☐ il peut s'occuper d'animaux.
☐ il va travailler dans un bureau. ☐ il ne faut pas beaucoup parler français.

7. Sam pense que Yannick va avoir des problèmes à communiquer avec les Niçois à cause de leur accent.

☐ vrai ☐ faux

Correction: ______________________________

____

8. Le lieu du travail où Yannick aimerait bien commencer à travailler se trouverait près ______________

9. Yannick pense qu'habiter à l'auberge de jeunesse n'est pas une bonne idée.

☐ vrai ☐ faux

Justification: ______________________________

10. Yannick cherche un job où …

☐ pouvoir passer beaucoup de temps à la plage. ☐ pouvoir se déplacer facilement à Nice.
☐ pouvoir peut-être habiter chez des amis de Sam. ☐ rencontrer Sam et ses amis bientôt à Nice.

En forme

2 J'aimerais que tu ne partes pas! (G 4) (nach SB S. 38, Nr. 3)

→ En plus S. 42, Nr. 3 △

*Fabien, un copain de Sam, voudrait aussi partir travailler en Allemagne. Il en discute avec sa copine Noémie. Transformez leurs phrases qui expriment un souhait, une peur ou une nécessité. Utilisez le **subjonctif**.*

1. Noémie: Réfléchis bien avant de décider!

J'aimerais que tu réfléchisses bien avant de décider.

2. Noémie: Partons ensemble en vacances, tous les deux, et rions ensemble!

J'aimerais que nous ______

3. Noémie: Essayons au moins de chatter tous les soirs!

______

4. Fabien: Les employeurs ne me répondront peut-être pas ou je ne recevrai que des réponses négatives.

J'ai peur que les employeurs ______

______

5. Noémie: Tes copines et toi, vous sortirez tous les soirs et tu m'oublieras.

______

6. Noémie: Crois un peu plus en toi!

Il faut que tu ______

7. Fabien: Viens me voir pendant mon séjour!

Il faudrait que ______

8. Fabien: Je dois apprendre à mieux parler l'allemand.

Il faut que ______

En forme

3 Trouvez les subjonctifs (G 3) (nach SB S. 38, Nr. 3)

A *Dix formes de verbes irréguliers au **subjonctif** se cachent dans le tableau. Trouvez-les.*

B *Ecrivez ces formes avec un **pronom** correspondant et ajoutez **l'infinitif**.*

F	P	U	I	S	S	E	Z	S	A
I	M	E	U	T	R	O	F	O	V
T	P	E	Z	A	B	I	A	I	O
V	E	U	I	L	L	E	S	I	U
A	U	A	L	L	E	N	S	O	L
I	V	C	F	I	D	I	E	N	I
S	E	A	I	E	N	T	U	S	E
O	Y	L	S	Z	A	L	L	E	Z
I	S	A	C	H	I	O	N	S	U
S	N	I	S	A	V	I	O	N	S
R	O	T	A	I	L	L	E	N	T

______
______
______
______
______
______
______
______
______
______

En forme

4 Job d'été en Allemagne (G 4) (nach SB S. 38, Nr. 4)

Trois élèves qui veulent partir faire un job d'été en Allemagne discutent avec leur prof.
Complétez le texte avec les verbes à la bonne forme: ***indicatif ou subjonctif?***

1. Prof: C'est bien que nous _______________ *(avoir)* le temps de discuter aujourd'hui. Je pense qu'il _______________ *(être)* important que les jeunes comme vous _______________ *(aller)* en Allemagne pour connaître le monde du travail de notre partenaire le plus important. Alors, j'aimerais que vous me _______________ *(posez)* toutes les questions que vous _______________ *(avoir)* parce que je voudrais que tout le monde _______________ *(se sentir)* bien. **2.** Jérôme: Mon père dit qu'il ne _______________ *(falloir)* pas toujours écrire une lettre de motivation. C'est vrai? **3.** Prof: Certains employeurs veulent que vous les _______________ *(appelez)*. D'autres préfèrent qu'on _______________ *(écrire)* un e-mail. Mais il est toujours nécessaire que tu _______________ *(savoir)* les convaincre. **4.** Fabien: Je trouve bête qu'on _______________ *(devoir)* écrire une lettre de motivation. Mais d'un autre côté, je suis content qu'on _______________ *(pouvoir)* peut-être faire un boulot assez cool. **5.** Léa: Faut-il que nous _______________ *(envoyer)* aussi notre CV? Je suis d'avis que c'_______________ *(être)* exagéré pour un job d'été. **6.** Jérôme: Je trouve que Léa _______________ *(avoir)* raison. Ça m'énerve qu'on _______________ *(perdre)* pas mal de temps à chercher un boulot intéressant. C'est vraiment difficile. **7.** Léa: Ça m'étonne que tu _______________ *(dire)* ça, Jérôme. Je crois plutôt que tu n'_______________ *(avoir)* pas vraiment fait un grand effort. **8.** Prof: Mais non, Léa. Je déteste que vous _______________ *(s'énerver)*. C'est possible que ce ne _______________ (être) pas facile de trouver un job dans notre ville jumelée. A ce moment-là, il est indispensable que vous _______________ *(faire)* des recherches dans d'autres villes. Mais maintenant, il est temps qu'on _______________ *(finir)* pour aujourd'hui. Si vous avez encore des questions, je propose qu'on _______________ *(se revoir)* la semaine prochaine.

En forme

5 Fabien m'a raconté ... (G 4) (nach SB S. 38, Nr. 4)

Fabien a déjà trouvé son job d'été en Allemagne. Sa copine Noémie en parle à ses parents.
Trouvez les parties de phrase qui vont ensemble.

1. Fabien m'a raconté	**a)** que son séjour lui permettra d'améliorer son allemand.
2. Il est content	**b)** que leur fils se débrouillera bien.
3. Il espère	**c)** qu'il ne puisse malheureusement pas habiter chez son ancien corres.
4. Il a expliqué	**d)** qu'ils feraient tout pour l'aider.
5. Ses parents ont été surpris	**e)** qu'il avait trouvé un job comme serveur dans notre ville jumelée.
6. Ils ont regretté	**f)** que ces jobs étaient organisés en partenariat avec l'OFAJ.
7. Mais ils sont sûrs	**g)** qu'il connaisse déjà bien la région grâce à un échange.
8. Ils lui ont dit	**h)** que Sam ait envie de faire un travail pareil.

Médiation

6 Le *traité d'Aix-la-Chapelle* (nach SB S. 40, Nr. 7)

→ En plus S. 41, Nr. 1 △

Votre correspondant/e français/e aime bien l'Allemagne, c'est pourquoi, il/elle voudrait en savoir plus sur la coopération franco-allemande. Vous lui résumez cet article sur le traité d'Aix-la-Chapelle:

1. *Qu'est-ce qui a changé pendant les dernières années et quelles possibilités ont les jeunes d'aujourd'hui grâce au traité?*
2. *Pourquoi est-ce que le traité est si important pour les jeunes?*
3. *Quelles sont les difficultés de l'OFAJ et comment est-ce que l'OFAJ peut trouver des solutions?*

Ces mots peuvent vous aider:
Azubi un/e stagiaire – **jdn erreichen** contacter qn – **gegenseitiges Verständnis** la compréhension mutuelle – **Hürde** un obstacle – **erreichen** *hier:* contacter – **Förderbedarf** des besoins particuliers – **Herausforderung** un défi – **vermitteln** placer – **weiterentwickeln** développer

Ein Jahr Aachener Vertrag/Gute Chancen für deutsch-französischen Azubi-Austausch

Deutschland ist bei jungen Franzosen inzwischen äußerst beliebt. Das hilft dem Deutsch-Französischen Jugendwerk, Austausch und Mobilität unter Jugendlichen beider Länder stärker zu fördern. Seit dem Vertrag von Aachen gibt es dafür sogar mehr Geld, doch noch werden nicht genug Jugendliche erreicht.

Dass der „Aachener Vertrag" die deutsch-französischen Beziehungen schon auf eine völlig neue Ebene gehoben hätte – nein, das kann man noch nicht sagen. Aber die Chancen stehen gut […]. In beiden Ländern [ist] das Verständnis füreinander in den letzten Jahren immer besser geworden […].

Mit dem „Aachener Vertrag" bekam das Deutsch-Französische Jugendwerk mehr Geld, aber auch klare Aufgaben zugewiesen: mehr Austauschprogramme und höhere Teilnehmerzahlen. Doch das brauche noch Zeit, meint Anne Tallineau (Generalsekretärin des DFJW), insbesondere sei es schwer, […] Jugendliche aus nicht-akademischen Familien zu fördern, die etwa wegen finanzieller oder auch geografischer Hürden bisher keinen Zugang zu internationalen Austauschprogrammen hatten. „Jugendliche mit besonderem Förderbedarf […] sind irgendwie schwer zu erreichen, also müssen wir einen Weg finden mit Kommunikation, in den sozialen Netzwerken, mit pädagogischer Arbeit. Das ist eine Herausforderung […]."
Besuch bei Nathalie Boyer in Rosny-sous-bois […]. Dort leitet sie die „Mission Locale", […] die 16- bis 25-Jährigen bei der Stellen- oder Ausbildungssuche hilft. Etwa 2000 Jugendliche werden jährlich betreut; seit zwei Jahren gibt es eine Zusammenarbeit mit dem Jugendausbildungszentrum (JAZ) in Berlin Potsdam. Dorthin werden jedes Jahr zwölf junge Französinnen und Franzosen für ein oder zwei Wochen vermittelt; sie arbeiten dort gemeinsam mit deutschen Jugendlichen in einer Art Campus zusammen […]. Umgekehrt kommen pro Jahr 15 deutsche Auszubildende nach Frankreich, weitaus mehr melden sich an, entsprechend lang sind die Wartelisten. […]

„Man muss diese deutsch-französische Freundschaft weiterentwickeln, und das heißt vor allem: es braucht deutlich mehr Geld für solche Austauschprogramme. Sie sind so nützlich […]. Gäbe es mehr Mittel und weitere Partnerschaften mit Deutschland – das wäre gut."
Beim Pariser Goethe-Institut ist man mit dem wachsenden Interesse an der deutschen Sprache zufrieden. Genau 611 Kursteilnehmer werden dort derzeit unterrichtet, eine Steigerung von rund zehn Prozent im Vergleich zum Vorjahr. […]

Atelier B

Lire

7 A propos du texte (nach SB S. 43, Nr. 2)

A, B ou C? Cochez le bon résumé du texte et soulignez les erreurs dans les deux autres.

A
Driss, qui cherche du travail, se présente à l'embauche chez Philippe, un handicapé très riche. Malheureusement, Driss n'a pas les qualités nécessaires. C'est pourquoi Philippe refuse d'abord de signer un contrat[1] de travail. Mais comme Driss a l'air très motivé, Philippe lui demande de revenir le lendemain. Quand Driss retourne chez Philippe et lui dit qu'il se sent capable de faire le travail demandé, Philippe est prêt à le prendre à l'essai.

☐

B
Driss, un Parisien sans travail, arrive chez Philippe, un handicapé très riche, pour un entretien d'embauche. Mais le travail n'intéresse pas du tout Driss, il se présente seulement pour obtenir une signature qui lui permet de recevoir le soutien financier de l'Assedic. Philippe refuse de lui donner sa signature tout de suite, mais lui demande de revenir le lendemain. Là, il le met au défi: Driss doit travailler pour Philippe pendant un mois avec toutes les contraintes, horaires et responsabilités.

☐

C
Driss, qui est sans travail, se présente à un entretien d'embauche chez Philippe, qui est très riche, mais handicapé. Driss pense qu'il n'a aucune chance d'avoir cet emploi et en fait, il n'a surtout pas envie de travailler. Mais quand il rencontre Philippe et sa secrétaire Magali, il change d'avis. Il trouve Magali très sympa et l'humour de Philippe l'amuse. Motivé, il retourne chez Philippe le lendemain et signe un contrat pour travailler à l'essai pendant un mois.

☐

…eu de mots

8 Driss s'explique (nach SB S. 43, Nr. 2)

Après son premier rendez-vous chez Philippe, Driss réfléchit: à Pôle emploi[2], on lui demandera sûrement d'expliquer pourquoi il a refusé le travail. Il imagine déjà une réponse.
Complétez le texte par les mots donnés et faites attention à mettre les verbes à la bonne forme.

conscience – capable – responsabilités – l'essai – se présenter – priver – gêné – tenir – pareil – chômage – regretter – compétences – salaire – vous en prie

Je ____________ à l'entretien mardi dernier. Mais quand j'ai vu ce handicapé qui n'est pas ____________ de bouger, je me suis rendu compte que je n'ai pas du tout les ____________ qu'il faut pour un travail ____________. Qu'est-ce que je ferais s'il y avait un accident? Je ne peux vraiment pas prendre ces ____________ ! Je me sentirais très mal et j'aurais mauvaise ____________ de ____________ ce pauvre homme d'un infirmier professionnel. Comme il ne peut rien faire tout seul, il faut même aller aux toilettes avec lui et là, je serais trop ____________. Si vraiment il me prenait à ____________, je ne ____________ pas trois jours, même s'il me payait un très bon ____________. Je ____________, croyez-moi, ce ne sont pas des excuses pour rester au ____________ ou parce que je n'ai pas envie de travailler. Je ____________ vraiment de ne pas pouvoir faire ce travail.

1 un contrat ein Vertrag **2 Pôle emploi** *Name des französischen Arbeitsamtes*

Ecouter

9 Un entretien empathique (nach SB S. 44, Nr. 3)

14

Avant l'écoute:
Regardez la photo à droite et décrivez-la.
Est-ce que vous aussi vous connaissez des personnes en fauteuil roulant[1] dans votre famille, dans votre quartier, dans votre école? Comment les aider?

Pendant l'écoute:
Lisez les questions, puis écoutez le texte. Ensuite, répondez aux questions.

1. La scène se passe …
   - ☐ dans un café.
   - ☐ dans une agence pour l'emploi.
   - ☐ dans une brasserie.
   - ☐ dans une école.
2. Le jeune homme a un certificat de français ______.
3. Le jeune homme est meilleur en allemand qu'en anglais. ☐ vrai ☐ faux
   Correction: ______
4. Le jeune homme a déjà travaillé en Allemagne, à ______.
5. Quel est le sens du mot «brasserie» en allemand? ☐ Brennerei ☐ Brauerei ☐ Bauernhof
6. La spécialité du jeune homme, c'est l'économie et la gestion ______.
7. Quelle est la motivation du jeune homme? *(2 possibilités!)*
   - ☐ Il veut travailler en Angleterre.
   - ☐ Il veut apprendre l'allemand.
   - ☐ Il veut acheter un café-restaurant.
   - ☐ Il veut acheter une brasserie.
8. Mais pour le moment, il cherche un travail dans un ______.
9. La dame pense qu'il cherche un travail de ______.
10. Elle a un problème car le jeune homme est …
    ☐ trop qualifié. ☐ handicapé. ☐ pas assez qualifié.
11. Mais le garçon veut s'occuper de … *(2 possibilités!)*
    ☐ fiches de salaire. ☐ fiches de lecture. ☐ fiches d'emploi. ☐ la gestion.
12. Finalement, la dame trouve un travail pour le jeune homme à ______.

Après l'écoute:

1. Comment trouvez-vous la réaction de la dame au début?
   ☐ antipathique ☐ sceptique ☐ sympathique
2. Inventez l'identité du jeune homme et remplissez cette fiche de Pôle emploi fictive.

Nom, Prénom: ______	Motivation: ______
Adresse: ______	
Age: ______	Recherche emploi de: ______
Téléphone: ______	______

1 **un fauteuil roulant** ein Rollstuhl

En forme

10 L'histoire derrière le film (G5) (nach SB S. 45, Nr. 4)

→ En plus S. 42, Nr. 3 △

Le film «Intouchables» s'est inspiré d'une histoire vraie. Dans son livre «Tu as changé ma vie …» Abdel Sellou, qui est devenu «Driss» dans le film, raconte son histoire.

A *Complétez le texte par la conjonction demandée par le contexte. Soulignez les formes du subjonctif.*

avant que | bien que | jusqu'à ce que | pour que | sans que

1. ____________ j'aille à l'entretien d'embauche chez Philippe Pozzo di Borgo, personne ne m'a dit de quel travail il s'agissait. Il y a beaucoup de candidats.
2. Quand c'est mon tour, j'explique à M. Pozzo di Borgo que je suis seulement venu ____________ il signe mon papier.
3. Mais il ne m'écoute pas. Il me regarde en silence. Puis il me dit qu'il a besoin de quelqu'un qui l'accompagne partout ____________ je comprenne pourquoi.
4. Alors moi, je décide de discuter avec «le Pozzo» ____________ j'obtienne la signature qu'il me faut pour l'Assedic.
5. ____________ il y ait des candidats avec toutes les compétences nécessaires, c'est moi que «le Pozzo» veut embaucher.

B *Complétez le texte par les verbes à la bonne forme:* ***indicatif ou subjonctif?***

1. Pendant que je ____________ *(faire)* tout pour lui faire comprendre l'histoire de la signature, Philippe Pozzo di Borgo a l'air de s'amuser de plus en plus.
2. Quand, enfin, j'accepte de travailler pour lui, c'est parce que je ____________ *(être)* très surpris de voir que cet homme sourit tout le temps malgré son handicap qui le prive du plus important: la liberté.
3. Avant que Philippe m'____________ *(avoir)* embauché, je n'ai jamais réfléchi à ma vie.
4. Mais là, je décide de rester jusqu'à ce que je ____________ *(comprendre)* cet homme qui m'étonne.
5. A la fin de la période d'essai, je vais rester sans que nous ____________ *(avoir)* signé de contrat.
6. Depuis que je ____________ *(devoir)* m'occuper de Philippe, ma vie a complètement changé.
7. Il y avait mille raisons pour que nous ne ____________ *(réussir)* pas à nous entendre.
8. Mais bien que Philippe et moi, on ____________ *(être)* très différents, nous sommes devenus amis et je suis resté 10 ans chez lui.

Parler

11 L'inclusion (nach SB S. 46, Nr. 6)

Depuis la rentrée, il y a un nouveau camarade qui est handicapé dans votre classe. Il a encore quelques problèmes dans la classe et vous voudriez l'aider.
*Vous (**A**) téléphonez à votre correspondant/e (**B**) et lui racontez la situation.*
*Pliez la feuille au milieu et décidez qui prend le rôle **A** et le rôle **B**. **A** commence. Après, changez de rôle et rejouez la scène.*

A: Toi	B: Ton / Ta correspondant / e
1. Du begrüßt ihn/sie. Du erzählst, dass du einen neuen Klassenkameraden hast. Er hat eine Behinderung. Die anderen haben ihm keinen guten Empfang bereitet.	**1.** [Salut. J'ai un nouveau camarade dans ma classe. Il est handicapé. Les autres ne lui ont pas préparé un bon accueil.]
2. [Cela me surprend parce que j'ai entendu dire que la Bavière offre du soutien aux personnes handicapées pour qu'elles puissent vivre une vie normale avec les autres personnes.]	**2.** Du sagst, dass dich das überrascht, weil du gehört hast, dass Bayern behinderten Personen Unterstützung anbietet, damit sie ein normales Leben gemeinsam mit allen anderen Personen leben können.
3. Du sagst, dass das stimmt. Und obwohl du gern in seiner Gesellschaft bist, hast du nichts gemacht. Du bereust es, du hast wirklich ein schlechtes Gewissen.	**3.** [Oui, c'est vrai ça. Moi aussi, bien que j'aime bien être en sa compagnie, je n'ai rien fait. Je le regrette, j'ai vraiment mauvaise conscience.]
4. [Les idées négatives ne servent à rien. Vous n'avez pas par hasard un centre culturel dans votre ville? Tu pourrais l'y accompagner!]	**4.** Du sagst, dass negative Gedanken nichts bringen. Du fragst, ob er/sie nicht zufällig ein Kulturzentrum in seiner/ihrer Stadt hat. Er/Sie könnte den Mitschüler dorthin begleiten!
5. Du bejahst und sagst, dass es eine Organisation gibt, die behinderte Personen in interkulturellen Wohngemeinschaften begleitet. Du möchtest deinen Mitschüler mit ihnen zusammenbringen.	**5.** [Oui, il y a une association qui accompagne les personnes handicapées dans des colocations interculturelles. Je vais le mettre en contact avec eux.]
6. [Je trouve important que tout le monde soit ouvert. Je m'engage par exemple dans le soutien scolaire. Je me sens bien quand je peux aider les autres.]	**6.** Du sagst, dass du es wichtig findest, dass jeder offen ist. Du engagierst dich zum Beispiel in der Nachhilfe. Ich fühle mich gut, wenn ich anderen helfen kann.
7. Du gibst ihm/ihr recht. Wir haben die Verpflichtung, gegen die Vorurteile zu kämpfen und die Unterschiede abzuschaffen, denn alle sind Teil der Gesellschaft.	**7.** [Tu as raison. On est obligé(s) de lutter contre les préjugés et de supprimer les différences, parce que tout le monde fait partie de la société.]
8. [Il faut s'habituer à la diversité. Il faut accepter tout le monde.]	**8.** Du sagst, dass man sich an die Diversität gewöhnen muss, und dass jeder akzeptiert werden muss.
9. Du gibst zu, dass du dich gewöhnlich nicht wirklich engagierst. Aber das Gespräch hat dir die Augen geöffnet. Dafür bedankst du dich.	**9.** [Habituellement, je ne m'engage pas beaucoup. Mais cet entretien m'a ouvert les yeux. Merci!]

Chasse aux fautes

12 La lettre de motivation (nach SB S. 48, Nr. 8)

A *Lisez d'abord la stratégie.*

STRATEGIE

Viele französische Unternehmen pochen auf einen handschriftlichen Bewerbungsbrief. Dadurch erkennen sie die Persönlichkeit des Bewerbers/der Bewerberin. Oft werden sogenannte Graphologen herangezogen, die die Persönlichkeit des Bewerbers/der Bewerberin analysieren. Außerdem ist ein handschriftlicher Bewerbungsbrief eine Garantie für die Echtheit des Briefes.

Ob handschriftlich oder mit einem Textverarbeitungsprogramm geschrieben muss der Brief auf jeden Fall gleich aufgebaut werden:
Persönliche Daten (Name, Vorname, Adresse, etc.) (oben links)
Adressaten (rechts darunter)
Ansprache (Madame, Monsieur,)
Betreff (Objet)
Begrüßungsformel
Bewerbung
Höflichkeitsformel
Datum und Unterschrift (handschriftlich!)

Ein Bewerbungsbrief muss **ehrlich** formuliert werden (keine erfundene Angaben zur Person) und muss **fehlerfrei** und **sachlich** sein (keine Familiaritäten, keine rote oder Lila-Schrift, kein Fantasiepapier).

B *Lisez la lettre de motivation et notez les fautes de style, d'orthographe et de grammaire.*

Kristin Sambas
Lassallestraße. 12
80995 München
ALLEMAGNE
Sambas@gmx.de
Mobile: +49 179 6725123

SPL Tours Tourisme
78-82 rue Bernard Palissy
37042 TOURS France

München, le 21 octobre 2024

Candidature à une poste de chef des stagiaires

Bonjour Madame, Monsieur,
Suite à votre annonce sur la site de votre entreprise, je me permets de vous adresser ma candidature comme chef des stagiaires. Je serais heureux de donner des ordres dans votre entreprise.
J'espère que ma candidature retiendra votre attention.
Donnez le bonjour à votre femme.
Veuillez agréer, Monsieur, mes salutations distinguées.

A bientôt! KS

C *Ecrivez une meilleure version de cette lettre dans votre cahier.*

Parler

13 Mon premier entretien d'embauche (nach SB S. 49, Nr. 9)

A *Vous (**A**) aurez bientôt votre premier entretien d'embauche pour un stage en France et vous êtes très excité(e). Vous demandez l'aide de votre correspondant/e (**B**). Vous voudriez savoir comment se passe un entretien pareil et comment vous pouvez vous préparer.*
*Pliez la feuille au milieu et décidez qui prend le rôle **A** et le rôle **B**.*
***A** commence. Après, changez de rôle et rejouez la scène.*

A Toi	B Ton / Ta correspondant(e)
1. Du begrüßt ihn/sie. Du erzählst, dass du eine Bewerbung für ein Praktikum in Frankreich eingereicht hast und dass du zum Vorstellungsgespräch eingeladen wurdest.	**1.** [Coucou. Tu sais, j'ai posé une candidature pour un stage en France et ils m'ont invité à un entretien (d'embauche).]
2. [Oh, ça m'étonne! Je n'aurais pas pensé que tu serais capable de te motiver pour un stage.]	**2.** Du sagst, dass dich das erstaunt. Du hättest nicht gedacht, dass er/sie in der Lage wäre, sich für ein Praktikum zu motivieren.
3. Du sagst, dass du keine Beurteilung, sondern seine/ihre Unterstützung brauchst, und dass du ihn/sie um einige Tipps bittest.	**3.** [Je n'ai pas besoin de ton jugement mais de ton soutien et je te prie de me donner quelques tuyaux.]
4. [Je regrette. C'était juste une petite blague en fait. Tu veux me montrer d'abord un extrait de ta lettre de motivation ou ça te gêne?]	**4.** Du bedauerst. Es war eigentlich nur ein kleiner Scherz. Du fragst, ob er/sie dir zuerst einen Auszug aus seinem/ihrem Bewerbungsschreiben zeigen möchte oder ob ihn/sie das stört.
5. Du sagst, dass dich das nicht stört, und bedankst dich. Du fragst ihn/sie, was du seiner/ihrer Meinung nach tun musst um bevorzugt und eingestellt zu werden.	**5.** [Ça ne me gêne pas, merci. Selon toi, qu'est-ce que je dois faire pour qu'ils me favorisent et m'embauchent?]
6. [Avant que je te donne des conseils, est-ce que l'entretien se déroulera en visioconférence ou sur place?]	**6.** Du sagst, bevor du ihm/ihr Ratschläge gibst, möchtest du wissen, ob das Gespräch per Videokonferenz[1] oder vor Ort stattfindet.
7. Du antwortest, dass das Gespräch mit der Personalberaterin und der Sekretärin vor Ort sein wird.	**7.** [L'entretien avec la recruteuse et la secrétaire sera sur place.]
8. [Pour que tu puisses devenir stagiaire chez eux et ne reçoives pas de refus, il faut parler de tes expériences et de tes compétences.]	**8.** Du sagst, um Praktikant/in zu werden und keine Absage zu erhalten, sei es eine Notwendigkeit, über seine/ihre Erfahrungen und Kompetenzen zu sprechen.
9. Du bedankst dich und sagst, dass das sehr motivierend war. Du sorgst dich nun viel weniger.	**9.** [Merci beaucoup à toi, c'était très motivant! Je m'inquiète beaucoup moins maintenant.]
10. [Tant mieux. Ne t'en fais pas. Je suis sûr(e) que tu auras/obtiendras le job!]	**10.** Du sagst, umso besser. Er/sie solle sich keine Gedanken machen. Du bist sicher, er/sie bekommt den Job.

B *Jouez la scène en classe.*

1 **eine Videokonferenz** une visioconférence

Pratique: tâches

14 Simulation d'un entretien d'embauche (nach SB S. 50)

A *Préparation: Avant de commencer la simulation, cochez les situations qui ne vont pas se terminer par une embauche et expliquez pourquoi dans votre cahier.*

☐

☐

☐

☐

B *Notez ensuite sur le CV à la page suivante vos données personnelles.*

C *Relisez l'exercice* ***«Se préparer à un entretien»*** *à la page 49 de votre livre et lisez la stratégie ci-contre.*

1. Notez sur une feuille de papier les points importants de votre motivation pour avoir le job:
   - **avoir des contacts** avec des gens,
   - avoir un métier en relation avec vos **centres d'intérêt,**
   - **aider** les personnes âgées, les personnes handicapées, les jeunes qui ont des difficultés,
   - **s'engager**, ne pas rester passif.
2. Notez ensuite par ordre de préférence (de 1 à 8) les domaines qui vous intéressent pour plus tard:
   - le domaine social ______
   - le domaine médical ______
   - le domaine culturel ______
   - le domaine artisanal ______
   - le domaine éducatif ______
   - le domaine scientifique ______
   - le domaine sportif ______
   - le domaine gastronomique ______

STRATEGIE

Ein gelungenes **Vorstellungsgespräch** hängt von verschiedenen Faktoren ab:
1. ein gut vorbereiteter Lebenslauf,
2. ein wiederholtes Trainieren der notwendigen Redewendungen (On dit),
3. eine gepflegte Erscheinung,
4. eine entspannte Verfassung (vor dem Gespräch nach einem leichten Frühstück, sich entspannen, z.B. in der frischen Luft spazieren gehen, ohne Handy!
5. pünktlich zum Vorstellungsgespräch erscheinen!

D *Ensuite, simulez un entretien avec un copain / une copine. Filmez la scène pour pouvoir ensuite commenter à deux votre entretien simulé.*

E *Regardez les annonces sur le document en ligne, choisissez-en une et jouez un entretien d'embauche à deux.*

D16

Pratique: tâches

Mon curriculum vitae

Prenez des notes sur le formulaire ci-dessous avant de le refaire sur ordinateur.

Photo

Prénom: ______

Nom: ______

Adresse: ______

Mail: ______

Téléphone: ______

Scolarité:

Formation:

Compétences:

Stages:	Entreprise: ______	de ______	à ______
	Entreprise: ______	de ______	à ______
Jobs d'été:	Entreprise: ______	de ______	à ______
	Entreprise: ______	de ______	à ______

Langues:	☐ allemand	Niveau: ______	☐ anglais	Niveau: ______
	☐ français	Niveau: ______	☐ russe	Niveau: ______
	☐ turc	Niveau: ______	☐ polonais	Niveau: ______
	☐ ______	Niveau: ______		

Centres d'intérêt: ______

Bilan

→ Solutions: page 122.

1 Parler

Ich kann sagen, …

1. dass ich mich bewerben möchte.
2. dass es mich wundert, dass mein Freund nicht kommt.
3. dass ich mich schnell an diesen Job gewöhnen werde.
4. dass ich nicht sehr beunruhigt bin.
5. dass ich vor Ort Freunde habe.
6. dass ich mein Abitur in drei Jahren machen werde.
7. dass ich in einer WG mit drei Freunden wohne.
8. dass ich eine Unterschrift brauche.
9. dass ich jemanden nicht um seine Pause bringen möchte.
10. dass es mir peinlich ist, das zu sagen.

Ich kann …

11. eine(n) Unbekannte(n) auffordern, Platz zu nehmen.
12. eine(n) Unbekannte(n) um seine/ihre Kontaktdaten bitten.
13. eine(n) Unbekannte(n) nach seinem/ihrem Vornamen fragen.
14. eine Freundin beruhigen, sich keine Sorgen zu machen.

2 En forme (G3–G5)

Nathalie de Nuremberg rêve de faire un petit boulot dans la ville jumelée Nice, mais …
Mettez les verbes à la bonne forme.

Après avoir posé ma candidature pour un job d'été, j'ai dû attendre longtemps avant qu'on me ________________ *(répondre)*. Quand, enfin, la lettre est arrivée, j'étais très triste que la réponse ________________ *(être)* négative. Bien que nous ________________ *(savoir)* toutes et tous qu'il est normal qu'on ne ________________ *(réussir)* pas toujours, j'étais quand même déçue. Par contre, je crois que ma mère ________________ *(être)* plutôt contente que je ne ________________ *(partir)* pas parce qu'elle ________________ *(se faire)* toujours du souci pour moi. Mais elle m'a dit aussi: «Il ne faut pas que tu ________________ *(perdre)* courage», et elle a proposé que j'________________ *(aller)* m'informer à l'Institut franco-allemand pour trouver une alternative. Là, on m'a parlé du séjour linguistique en tandem. Ils avaient même un tuyau pour que je ________________ *(pouvoir)* me faire une idée de ce séjour: «Il faut que vous ________________ *(lire)* le blog sur notre site Internet» Depuis que j'________________ *(avoir)* lu les textes des participants, je regrette beaucoup moins qu'ils ne ________________ *(vouloir)* pas de moi dans l'entreprise où j'ai posé ma candidature. Dans cette entreprise, l'atmosphère entre les collègues ne me semblait pas très agréable.

Bilan

3 On combine (G4)

*Nathalie, qui réfléchit à faire un séjour linguistique en tandem, lit le blog où les participants parlent de leurs expériences. Complétez le texte avec les verbes à **l'indicatif** ou au **subjonctif** et les mots demandés par le contexte.*

Depuis que j'________________ *(participer)* ________ un échange scolaire il y a plusieurs années, je n'ai plus eu l'occasion ________ utiliser le français ________ place. J'avais peur de ne plus être capable ________ parler français. Je pensais donc que ce séjour en tandem ________________ *(être)* pour moi la solution idéale. Pour aller à Nuremberg et pour le retour depuis Nice, il est même possible qu'on ________________ *(obtenir)* un ________________ financier de l'OFAJ. ________ qu'au début, je n'aie pas trop aimé l'idée d'habiter dans une ________________ de jeunesse, je dois dire maintenant que c'________ *(être, présent)* génial. Tout le monde trouve super qu'après les cours, nous ____________________ *(se retrouver)* pour préparer le repas ensemble, goûter des ________________ niçoises comme la socca ou discuter. Ces activités ________ commun ________________ *(favoriser)* l'échange linguistique entre Allemands et Français et nous trouvons tous que nous ________________ *(faire)* vite des progrès. Je suis surpris qu'on ________________ *(s'entendre)* si bien sans que nous ____________________ *(se connaître)* vraiment.

4 Chasse aux fautes

Hannah de Wurtzbourg vient de terminer un stage dans la ville jumelée, Caen. Elle en parle dans un message à sa copine Sam. Mais elle fait des erreurs. Corrigez les passages soulignés.

Au début de mon stage, j'avais peur de ne pas <u>être capable à communiquer</u> en français. Alors je me rappelais toujours <u>ce qui</u> tu <u>avais dit à moi</u> avant mon départ: «<u>T'y fais pas</u>, tu vas te débrouiller bien!». <u>En fête</u>, tu avais raison! Pendant mon travail à l'office de tourisme de Caen, j'étais souvent <u>au contact</u> avec les touristes et j'étais toujours contente quand je <u>pouvai</u> les aider. Après mon retour, un ami m'a demandé <u>qu'est-ce que</u> j'avais aimé le plus et <u>j'ai répondu lui</u> que <u>c'est</u> sûrement de vivre dans une autre culture <u>sans que je save</u> expliquer exactement les différences. Mais j'ai aussi <u>adoré de me faire</u> des <u>nouvels amis</u> et découvrir <u>ses habitudes</u>.
Bien que ma région <u>me plaire</u> beaucoup, je pense maintenant que <u>je pouvrais vivre</u> en France, peut-être pas pour <u>très long</u> parce qu'il y a encore <u>des autres pays</u> à découvrir.

____
____
____
____
____
____
____
____
____
____
____
____
____
____

En plus: différenciation

Mediation

1 Le stage en Allemagne

Votre copain/copine français/e aimerait faire un stage en Allemagne, mais dans une entreprise française. Malheureusement, il/elle ne trouve pas de renseignements sur les sites français. Son professeur au lycée professionnel lui a parlé d'un contact en Allemagne qui s'occupe justement de ces échanges. Comme vous avez trouvé le lien, vous lui expliquez **1.** *pourquoi les programmes d'échanges professionnels sont importants,* **2.** *dans quels domaines ces échanges sont possibles et* **3.** *à quelle organisation il/elle peut s'adresser pour son échange professionnel.*

IN DER WIRTSCHAFT IST DIE ZUSAMMENARBEIT ERFOLGREICH!

Auszubildenden bieten deutsch-französische Programme zahlreiche Austauschmöglichkeiten an, denn auch in Ausbildungsberufen eröffnet Französisch viele zusätzliche Berufschancen:

- Über 130 Studiengänge in Rechts-, Wirtschafts-, Ingenieur- oder Geisteswissenschaften verleihen nach Studienaufenthalten in beiden Ländern einen binationalen Abschluss
- Auch die EU bietet Austauschprogramme mit Frankreich für alle Bildungsbereiche (Schule, Hochschule, Berufsbildung) an.

Handel, Investitionen und gemeinsame Wirtschaftsprojekte (z. B. Airbus) haben einen hohen Bedarf an zweisprachig qualifizierten Mitarbeitern:

- Gute Chancen für französischsprachige Absolventen: 400 000 Deutsche und 350 000 Franzosen finden Arbeit durch die deutsch-französische Beziehung. Die meisten in den Branchen Hotel, Gastronomie, Friseurhandwerk, aber auch IT, Bauwesen, Finanzwesen, Forschungs- und Entwicklungstechnologie
- 2 800 französische Unternehmen sind in Deutschland, 3 000 deutsche Unternehmen in Frankreich vertreten – und mit ihnen viele Tausend Arbeitsplätze.

Gemeinsam bewegen wir mehr. Frankreich ist einer der wichtigsten Wirtschaftspartner Deutschlands. Französisch ist Amtssprache in 29 Staaten und Arbeitssprache zahlreicher internationaler Organisationen. Französisch ermöglicht den Zugang zu einem der bedeutendsten Arbeits- und Forschungsmärkte Europas. In Frankreich gibt es an mehr als 4 000 Standorten Tochtergesellschaften von über 2 000 deutschen Unternehmen. In Deutschland beschäftigen etwa 4 000 französische Tochterunternehmen ca. 400 000 Menschen. Das Beste aus beiden Ländern ist unser Erfolg von morgen.

ProTandem

Auszubildende haben die Chance, frühzeitig die Arbeitswelt im Partnerland kennenzulernen. Vom Praktikum bis zum gemeinsamen Berufsbildungsprojekt fördert ProTandem, die Deutsch-Französische Agentur für den Austausch in der beruflichen Bildung, seit 1980 Mobilitäten von Jugendlichen und Erwachsenen. NEU: ProTandem finanziert nun auch Austausche im Online- und Hybrid-Format. Zudem werden ab sofort Mobilitäten im Rahmen vollzeitschulischer Ausbildungen gefördert.

PRO TANDEM
Deutsch-Französische Agentur für den Austausch in der beruflichen Bildung

En plus

Jeux de mots

2 Jeux de mots (nach SB S. 36, Nr. 1)

A *Relisez le texte et retrouvez les expressions correspondant aux parties soulignées.*

1. Pas de souci! → ______
2. J'ai fait une faute. → Je ______
3. Tu as déjà une idée? → Tu as déjà ______
4. Je suis surpris(e). → ______
5. J'aime bien un travail comme ça. → J'aime bien un travail ______
6. Je te donne les coordonnées de mes amis. → Je ______
7. Il se fait du souci. → Il ______
8. Je voudrais partager un appartement avec d'autres jeunes. → Je voudrais ______
9. La nourriture est chère. → ______ est chère.

B *Trouvez un mot de la même famille. Pour les noms, ajoutez l'article défini / indéfini.*

1. conseiller qn → ______
2. comprendre qc → ______
3. sentir qc → ______
4. s'habituer à qc → ______
5. un frère → ______
6. un nom → ______
7. Nice → ______
8. une place → ______

En forme

3 Abdel et Philippe (G3 / G4)

Voici comment se passe le travail d'Abdel chez Philippe. ***Subjonctif, indicatif*** *ou* ***infinitif****?*
Rayez la mauvaise solution.

1. Philippe a dit à Abdel qu'il **ne soit / n'était** pas prêt à signer son papier.
2. Il lui a proposé qu'ils **feraient / fassent** un essai.
3. Abdel était surpris qu'il **puisse / pouvait** travailler pour Philippe **sans que cet homme connaisse / sans connaître** son passé.
4. Le premier jour, Abdel assiste aux soins[1] **sans qu'il ne fasse rien / sans rien faire**.
5. Abdel doit être présent **pour apprendre / pour qu'il apprenne** à s'occuper d'un handicapé.
6. Abdel préfère **accompagner / qu'il accompagne** Philippe au café.
7. Il se rend compte que Philippe **est / soit** plein d'humour, bien qu'il ne **peut / puisse** pas bouger du tout.
8. Mais parfois, il va vraiment mal et il faut qu'Abdel **va / aille** à l'hôpital avec lui.
9. Abdel trouve Philippe de plus en plus sympa et il est prêt à tout **pour que Philippe ne perde pas / pour ne pas perdre** son humour.
10. **Avant de s'occuper / Avant qu'il s'occupe** de Philippe, Abdel vivait **sans penser / sans qu'il pense** au lendemain. Avec Philippe, sa vie a complètement changé.

1 **les soins** Pflege

Que sais-je? – Communiquer en français (nach Unités 1–2)

Ecrire

Selbsteinschätzung: *Hier könnt ihr feststellen, wie fit ihr seid. Testet euch mit den folgenden Übungen (Lösungen auf S. 122). Kreuzt dann an, wie eure Ampel steht (linke Ampel).*

Partnereinschätzung: *Ihr könnt euch auch gegenseitig einschätzen (rechte Ampel).*

1 Ma ville du futur

Vous connaissez déjà peut-être (soit grâce à Découvertes, soit en vrai) quelques villes françaises (Paris, Lyon, Marseille, Strasbourg, … Alors vous avez peut-être une idée comment serait la ville idéale du futur pour vous.

A *Regardez les photos ci-dessous. Dites laquelle vous préférez et pourquoi.*

B *Choisissez d'abord les éléments que vous voulez intégrer à votre ville du futur.*

☐ des rues ☐ un hôtel de ville ☐ une église ☐ une mosquée ☐ une synagogue
☐ un commissariat de police ☐ un stade ☐ une station de radio / télévision
☐ une bibliothèque ☐ un château ☐ un musée d'art moderne ☐ une gare
☐ un aéroport ☐ un parc ☐ un cinéma ☐ une piscine ☐ une déchèterie *(Wertstoffhof)*
☐ un marché ☐ un centre commercial ☐ des pistes cyclables ☐ un théâtre ☐ un hôpital
☐ un lycée ☐ une école ☐ des restaurants

C *Décrivez maintenant votre ville du futur en 150 mots. Notez d'abord quelques idées.*

Ma ville du futur

D *Présentez vos idées à votre partenaire. Après discutez la question: Quelle est la meilleure idée et pourquoi?*

Ich kann **meine Vorstellung einer Stadt der Zukunft formulieren** und sie **vortragen**.

Parler

2 Participer à un entretien d'embauche

A *Lisez d'abord la stratégie.*

STRATEGIE

Ein Vorstellungsgespräch kann über dein ganzes Leben entscheiden. Auch ein Vorstellungsgespräch für einen Ferienjob! Deshalb sollte man sich dabei gut verkaufen können.
Damit dieser entscheidende Schritt erfolgreich abläuft, solltest du folgende Regeln befolgen:

1. **Informiere** dich vor dem Gespräch über das Unternehmen. (Was wird hergestellt? Wo gibt es Niederlassungen?)
2. **Trainiere** vor dem Gespräch dein **Selbstbewusstsein**. (Denke an deine Erfolge in und außerhalb der Schule.)
3. Sei **ehrlich** und **authentisch**!
4. **Antizipiere** häufig gestellte Fragen zu deinen Interessen, deiner Schule, deiner Familie.
5. Lass dein Gegenüber **ausreden** und **beantworte** jede Frage von ihm/ihr.
6. Stelle selbst **Fragen** und zeige dein **Interesse**.
7. **Bedanke dich** für das Gespräch.

B *Lisez ensuite les questions du / de la chef(fe) du personnel et répondez dans les blancs (in den Lücken). Vous pouvez aussi écrire vos réponses d'abord sur la fiche ci-dessous.*

– Bonjour! Entrez, je vous en prie.

– ______________________________

– Asseyez-vous, je vous en prie. Alors, parlez-moi un peu de vous.

– ______________________________

____

– Très bien. J'ai une question: A partir de quand pourriez-vous travaillez chez nous?

– ______________________________

– Pourriez-vous aussi travailler pendant les vacances?

– ______________________________

– Quels sont vos centres d'intérêt? A quoi vous intéressez-vous?

– ______________________________

– Etes-vous prêt(e) à prendre des responsabilités dans le travail et à travailler en équipe?

– ______________________________

____

– Avez-vous des questions (sur votre salaire, vos heures de travail, vos conditions de travail)?

– ______________________________

____

– Bien, alors, nous vous informerons par courrier. Nous allons vous contacter dans une semaine. Alors au revoir et à bientôt peut-être.

– ______________________________

C *Jouez la scène à deux.*

Ich kann ein **Vorstellungsgespräch führen**.

Plaisir de lire

A *Lisez le texte.*

L'école inclusive

Le droit à l'éducation est un droit fondamental. L'école inclusive est l'instrument de l'intégration de tous les élèves en situation de handicap en France. Elle leur assure une éducation de qualité de l'école maternelle jusqu'au lycée. Elle prend en compte les besoins et les difficultés du handicap pour mieux intégrer les élèves en situation de handicap dans la classe et plus tard, dans une société plus tolérante et sans discrimination.

De nombreuses associations aident l'école inclusive dans sa mission. En particulier, les Associations de Chiens guides d'aveugles. Ces associations éduquent des chiens d'aveugle, en général, des labradors, des bergers allemands ou des golden retrievers, qui vont ensuite redonner à la personne malvoyante une certaine autonomie dans la ville, à la maison mais aussi à l'école pour les enfants et adolescents. Pourquoi ces races de chiens? Parce qu'ils sont très affectueux et surtout très intelligents!

LES CHIENS GUIDES D'AVEUGLES DE L'OUEST
Ensemble voyons loin

L'éducation d'un chien guide d'aveugle côute entre 15 000 et 20 000 euros. Mais les chiens sont mis à la disposition de la personne gratuitement par l'association. Les jeunes aveugles ou malvoyants peuvent bénéficier d'un chien gratuit à partir de 12 ans. Pourquoi? Parce que c'est une lourde responsabilité. Corentin, un élève malvoyant de Versailles raconte: «Quand je traverse la rue, j'ai peur des voitures. Mais je n'ai pas peur pour moi-même, j'ai peur pour mon chien. Il est tout pour moi: mes yeux, mais aussi, mes oreilles, ma sécurité, ma vie.»

Quels sont les fonctions du chien d'aveugle? Il doit assurer la sécurité de la personne dans la rue surtout. Le chien reconnait les feux rouges ou verts. Il interprète les ordres qu'on lui donne: à gauche, à droite, tout droit. Il évite les obstacles (trottoirs trop hauts, voitures mal garées, poubelles, …)

Il mémorise les trajets de la maison à l'école, par exemple. A l'école, le chien qui a mémorisé les étages, les salles de classe, les couloirs, conduit l'élève directement dans le bon cours. Mais son travail ne s'arrête pas là. A la maison, le chien apporte les objets qu'on lui demande. Il peut même ouvrir et fermer les portes! Et en plus, c'est un compagnon et un ami fidèle! C'est pourquoi quand l'association vous donne ce compagnon, il faut le respecter, l'aimer, lui donner à manger et à boire, le laver, le soigner. En cours, le chien ne pose aucun problème aux autres élèves. Au contraire. Il contribue à développer l'empathie chez les autres élèves et à consolider l'esprit de groupe. 10 000 élèves malvoyants sont scolarisés en France actuellement. Tous n'ont pas la chance d'avoir un chien guide. Quand on pense que 6% des livres scolaires seulement sont adaptés à l'usage des aveugles et 10% des sites Internets sont accessibles aux personnes malvoyantes. La société doit encore faire de nombreux efforts.

Gilles Floret

19 **B** *Ecoutez l'histoire de Corentin. Puis, répondez aux questions sur la page suivante.*

Les mots utiles pour comprendre le texte:

Prendre en compte berücksichtigen – **aveugle** blind – **malvoyant(e)** sehbehindert – **un obstacle** ein Hindernis – **consolider** verstärken

C *Discutez en classe sur la question: Comment faire pour intégrer un(e) élève handicapé(e) dans la classe.*

D *Cochez la / les bonne / s réponse / s, répondez aux questions* ***ou*** *complétez la phrase.*

1. La scène se passe …
   - ☐ au lycée de Corentin.
   - ☐ à la maison.
   - ☐ à l'école des chiens guides.
2. Il y a combien de personnes dans la première scène? ______
3. Expliquez l'adjectif «malvoyant(e)».

   ____
4. Corentin n'a pas peur de parler en premier. ☐ vrai ☐ faux

   Correction: ______________________
5. Pourquoi Corentin est-il aveugle?
   - ☐ une maladie
   - ☐ un accident
   - ☐ de naissance
6. Le psychiatre est là, parce que Corentin a une ______________________.
7. Qu'est-ce que Corentin faisait jusqu'à ce jour et qu'il ne veut plus faire?

   ____

   ____
8. Qu'est-ce que Corentin veut faire maintenant?

   ____

   ____
9. Quelles sont les deux choses qui vont aider Corentin? ______________
10. De qui est responsable Corentin? ______________
11. De qui est responsable le chien? ______________
12. Qu'est-ce que l'ordinateur pour aveugles peut faire? *(plusieurs possibilités)*
    - ☐ faire les devoirs
    - ☐ écrire
    - ☐ lire l'avenir
    - ☐ lire des cours
    - ☐ parler
13. Quel est le nom du chien? ______________
14. Qu'est-ce que le chien ne peut pas faire seul? ______________

Un peu d'entraînement

→ Lösungen findest du auf S. 123.

Civilisation

1 Histoires de Nice (nach SB S. 60)

A *Notez d'abord ces dates dans l'ordre chronologique sur l'axe du temps ci-dessous. Ajoutez aussi la bonne préposition si nécessaire.*

XXe siècle | de nos jours | 154 avant J.-C. | XIXe siècle | 1388 | 400 000 ans avant J.-C. | 1860 | IIIe siècle avant J.-C.

3D ____ ____ ____ ____ ____ ____ ____

B *Regardez les 8 images et lisez les 8 textes: quelle image va avec quel texte? Notez la réponse sous l'axe du temps. Si vous n'êtes pas sûr(e), cherchez sur Internet.*

A

B

C

D

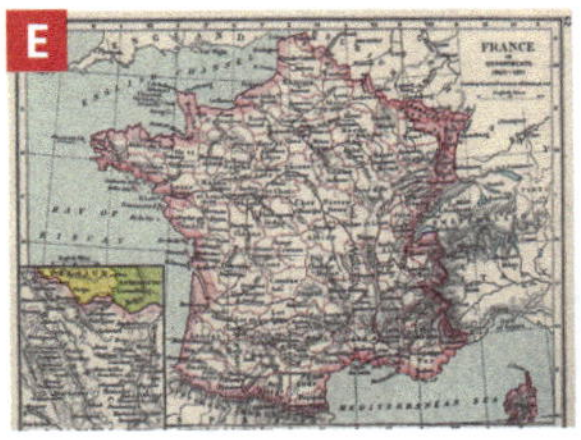
E

F

G

H

1. La ville de Nice s'est fortement développée sur les plans urbains, économiques, culturels, universitaires, touristiques, etc. On a créé des nouveaux quartiers pour accueillir les migrants et encore plus de retraités. Et on a construit un des plus beaux aéroports du monde!
2. Nice a refusé de reconnaître le Duc français Louis II d'Anjou et a préféré faire partie de la Savoie. Grâce à son port sur la mer, qui était alors le seul port de la Savoie sur la Méditerranée, elle est vite devenue une capitale régionale forte.
3. Un des plus anciens villages du monde se trouvait à Nice. Un autre site préhistorique est la grotte du Lazaret, dans le sud-est de Nice.
4. Nice est devenue une ville de loisirs avec des théâtres, des opéras et des hôtels. De plus en plus de riches Anglais et Russes sont venus y passer les mois d'hiver.
5. La ville de Nice est devenue française.
6. C'est une colonie grecque qui a donné son nom à la ville de Nice. Les Grecs venaient de Massilia (Marseille) pour créer un réseau commercial, surtout à Antipolis et Nikaïa (aujourd'hui Antibes et Nice).
7. Différents peuples ont attaqué Nice mais sans succès. Finalement, ce sont les Romains qui ont occupé cette colonie grecque.
8. Nice est, après Paris, la deuxième ville pour le prix des logements. La région entre Nice et Monaco fait même partie des endroits les plus chers du monde!

Ecouter/ Regarder

2 Une belle journée à Nice (nach SB S. 61, Nr. 1)

V1

A *Regardez la première partie de la vidéo, puis complétez les phrases ou cochez la/les bonne/s réponse/s.*

26

1. Angèle se trouve dans un appartement à Nice. ☐ vrai ☐ faux

Correction: ______________________

2. A Nice, il y a __________ jours de soleil par an.

3. Angèle veut faire un reportage au bord de de «la grande bleue». Qu'est-ce que c'est?

____

B *Regardez la deuxième partie de la vidéo, répondez aux questions ou cochez la/les bonne/s réponse/s.*

1. A quoi est-ce qu'on pense quand on parle de Nice?

____

____

2. Comment s'appelle la grande place de Nice?

____

3. Quelle est la différence avec les places à Paris?

____

4. Qu'est-ce qu'on peut admirer à la Promenade du Paillon?

____

5. Quel est le nom complet de l'office de tourisme de Nice?

____

6. Quelles sont les heures d'ouverture du marché Saleya?

____

7. Quelles sont les spécialités de la région que l'on peut trouver sur le marché?

☐ la Socca ☐ le gâteau aux noix ☐ la lavande ☐ le taboulé
☐ la pissaladière ☐ la choucroute ☐ la salade niçoise ☐ le couscous

8. Comment s'appelle le restaurant italien où on peut acheter des glaces?

____

9. Quel est le parfum (Geschmack) de la première glace que l'on voit sur la vidéo?

____

10. Citez au moins 3 parfums de glaces que vous voyez dans la vidéo:

____

11. Comment s'appelle la rue qui longe la plage de Nice?

____

12. Qu'est-ce qu'on peut observer depuis le bateau *Santo-Sospir*?

____

Unité 3

Nice, visages d'une ville

Atelier A

Vocabulaire

1 Nice Baie des Anges

Avant la lecture *Faites des recherches sur Internet et faites une listes des personnalités qui sont nées à Nice.*

A *Lisez le texte.*

Quand on fait des recherches sur les personnalités qui sont nées à Nice, on trouve des noms d'hommes et de femmes politiques comme **Christian Estrosi**, le maire de la ville, ou **Simone Veil**, ministre de la santé et résistante, membre de l'Académie française et surtout initiatrice de la réconciliation franco-allemande, on trouve aussi des présentateurs et présentatrices de télévision comme **Denise Fabre**, **Thierry Ardisson ou Julien Lepers**, ou des personnalités du monde des sports comme la nageuse **Camille Muffat** ou le footballeur **Hugo Lloris**. Mais il faut chercher vraiment en profondeur dans le web pour trouver le nom de **Dick Rivers**. De son vrai nom, Hervé Forneri, Dick Rivers était un chanteur de rock, un admirateur d'Elvis Presley, Johnny Cash et Gene Vincent. C'est pourquoi, chanter le rock et s'appeler Hervé Forneri, ce n'était pas très sexy dans les années 60. Dick Rivers a pourtant enregistré plus de 40 albums de chansons. Sa chanson la plus connue, *Nice Baie des anges*, est comme un hymne à sa jeunesse dans la ville de Nice. Cette chanson très rock des années 60 raconte l'ambiance de la ville pour ses jeunes qui roulaient en grosses voitures américaines sur la promenade des Anglais en écoutant de la musique rock. La Baie des Anges qui tient son nom d'une sorte de requin[1] avec des ailerons[2] qui ressemblent aux ailes des anges, évoque cette vie facile, fantastique et insouciante de la jeunesse de Dick Rivers.

Marlène Thomas

B *Lisez l'extrait de la chanson, puis répondez aux questions, cochez ou complétez.*

J'aimais les mots d'amour en anglais
Les lollipops en français
Quand j'avais 18 ans

J'étais un blouson noir imparfait
Un loubard comme t'en rêverais
Et c'était le bon temps

Du côté des remembers
J'ai pris des flashs
Et des coups au cœur
Fumé du hasch
Bien avant l'heure
De ce pouvoir des fleurs

Refrain:
Si t'avais connu
La miss Baie des anges à moitié nue
Les voitures de sport sur les avenues
Tu regretterais tout ça (x2)

Y'avait des starlettes et des babys
Toute une jeunesse qui rêvait
Quand j'avais 18 ans […]
Si t'avais goûté
À Nice Baie des anges en plein été
Avec tous ces anges à tes côtés
Tu ne pourrais plus rêver […]

Michel Héron/Didier Barbelivien

1 un requin ein Hai **2 un aileron** eine Flosse

1. Dans la chanson, il … ☐ critique ☐ déclare son amour à ☐ se moque de … la ville de Nice.
2. A quoi pense-t-il avec nostalgie? ☐ à ses amis ☐ à ses amours ☐ à sa jeunesse ☐ à sa carrière
3. Pour montrer son côté rebelle, il se décrit comme un ______________________________

   ____
4. A quel type de femme compare-t-il la baie? Expliquez la métaphore et trouvez le jeu de son sur «Nice».

   ____

   ____
5. Dans un dictionnaire en ligne, cherchez les définitions des mots suivants dans le contexte de la chanson: *un loubard, un coup de cœur, un flash, un blouson noir, starlette, babys, pouvoir des fleurs.*

Après la lecture: *Et vous? Regrettez-vous aussi certaines choses de votre enfance? Racontez dans votre cahier.*

C *Vous pouvez ensuite écouter la chanson sur Internet (version de 1986).*

Lire

2 A propos du texte (nach SB S. 63, Nr. 2)

Relisez le texte p. 62-63, puis répondez aux questions, cochez la/les bonne/s réponse/s ou complétez.

A *(lignes 1–19)*

1. Où habite Yannick maintenant et chez qui?

   ____
2. Il écrit un carnet de voyage parce qu ' ______________________________
3. Trois fois par jour, il ______________________________
4. Il aime le parc sur la colline parce qu'il y a …

   ☐ des touristes. ☐ beaucoup de gens qui se promènent. ☐ une belle vue sur la ville.
5. De là-haut, on peut admirer …

   ☐ la plage. ☐ la promenade des Anglais. ☐ la place Masséna. ☐ des tableaux d'artiste.

   ☐ la mer. ☐ le palais Nikaïa. ☐ Sophia Antipolis. ☐ la vieille ville.

B *(lignes 20–fin)*

1. La colline du château est située entre la vieille ville et le port. ☐ vrai ☐ faux

   Justification: ______________________________
2. Sur la colline du château, on trouve …

   ☐ un beau château. ☐ les restes d'une ville médiévale.

   ☐ une sculpture en forme de bateau. ☐ les restes d'une cathédrale.

   ☐ des graffitis sur les murs. ☐ un restaurant.
3. A Nice, on est triste parce que Louis XIV a ______________________________
4. Quelle est l'activité préférée de Yannick? ______________________________

   ____
5. Que peuvent faire les gens très riches à Nice? Ils peuvent ______________________________

   ____

En forme

3 Nice vue par les Niçois (G6) (nach SB S. 64, Nr. 4)

Des Niçois écrivent leurs commentaires dans un journal.

A *Lisez les phrases à gauche, puis réécrivez à droite les parties en gras à **la voix passive**. Attention **au temps et à l'accord**!*

1. Monsieur le Maire, **vous devrez bientôt trouver des solutions** aux problèmes de vie chère.

Des solutions ______

2. Chaque été, **les plus jolies filles de la Côte d'Azur lancent des fleurs** pendant une bataille de fleurs.

Chaque été, ______

3. Ces derniers temps, **la ville de Nice a fait de gros efforts** pour développer les transports écologiques en tous genres.

Ces derniers ______

4. **La mairie avait déjà présenté des idées intéressantes aux habitants** mais elle n'avait pas assez d'argent.

______

5. Savez-vous qu'**on pourrait louer un bateau de luxe** dans certains clubs spécialisés?

Savez-vous qu' ______

6. **Des associations aident les étudiants pauvres** à trouver un logement à un prix intéressant.

______

7. Au XVIIIe siècle déjà, **des personnes âgées et riches découvraient la jolie plage de Nice**.

______

B *Et vous? Ecrivez dans votre cahier une information sur votre ville/région/village à la forme active et écrivez-la ensuite **la forme passive**.*

Lire

4 Une villa de rêve sur la Côte d'Azur (nach SB S. 66, Nr. 7)

→ En plus S. 66, Nr. 3 △

A *Lisez le texte.*

Des bulles partout

Sur la Côte d'Azur à Théoule-sur-Mer, près de Cannes se cache le **Palais Bulles** du couturier Pierre Cardin, un endroit futuriste qui ressemble plus à un rêve qu'à la réalité. Construit entre le ciel et la mer, de couleur ocre comme les calanques, il offre une vue impressionnante sur la mer Méditerranée.

Le Palais Bulles, c'est la villa des superlatifs: pour son architecture hallucinante avec des bulles partout, sa surface de 1800 m^2, son immense salle de réception qui peut accueillir 350 personnes, son salon panoramique, ses 20 suites impressionnantes décorées par des artistes contemporains, ses trois piscines rondes, son jardin de 8500 m^2, son amphithéâtre en plein air de 500 places et ses 1000 hublots. On peut dire que c'est une maison-sculpture.

Une maison? Plutôt une folie architecturale, construite de 1975 à 1989 par l'architecte hongrois Antti Lovag qui s'était inspiré des grottes préhistoriques. Elle correspond exactement à l'univers de Pierre Cardin, créateur d'une mode futuriste aux formes rondes, comme la robe bulle, les robes satellites ou le style cosmonaute. Et comme *«ce n'est pas la façade qui compte mais l'intérieur, là où on vit»*, chaque pièce ressemble à une planète d'un autre monde! Il y présente ses collections de meubles des années 60–70 et des objets d'art qui viennent parfois d'artistes très célèbres comme Gaudí, Picasso et Lewis Caroll. Partout, on se croirait dans un sous-marin de Jules Verne où tout serait rond: meubles, portes, tables, lits, baignoires … ronde aussi la télévision!

Un lieu rêvé pour les fêtes

Pierre Cardin a acheté cette villa en 1992 pour y faire des réceptions et défilés de mode, surtout pendant le Festival international du film de Cannes. Avec ses spectacles, avant-premières, tournages de films, conférences, concerts, mariages, soirées privées ou évènementielles, défilés Cardin et Dior, la maison devient «The place to be». Les très grandes entreprises y organisent des fêtes fabuleuses et les gens célèbres rêvent d'y être vus. C'est ici qu'en 2002, une grande fête avait été donnée pour fêter les 40 ans de James Bond avec Pierce Brosnan comme star.

Quand on demande à Pierre Cardin quels souvenirs il garde de ce palais fou, il répond: *«C'est devenu mon coin de paradis. […] Je n'y ai connu que du bonheur, notamment des soirées magiques, des fêtes inoubliables. J'ai accueilli ici beaucoup de personnalités […]. Je me souviens de ma rencontre avec Arnold Schwarzenegger.»* Dans ses rêves, tout devait être rond pour laisser la place à l'imagination, aux idées, aux sentiments, à la beauté, à l'harmonie: *«C'est le corps d'une femme, tout est absolument sensuel»*.

Qu'est devenu le Palais Bulles aujourd'hui?

En 1999, le Palais Bulles a été classé au patrimoine des monuments historiques. Depuis la mort de Pierre Cardin en 2020 à l'âge de 98 ans, il n'est plus une résidence privée. Mais c'est encore un lieu de culture exceptionnel, utilisé le plus souvent pour des fêtes privées toujours somptueuses, surtout pendant le Festival de Cannes. Cette villa futuriste continue à attirer les foules mais malheureusement, elle ne se visite pas. Deviendra-t-elle un jour un musée?

Marlène Thomas

B *Répondez aux questions, complétez ou cochez.*

1. Le Palais Bulles a été construit …

☐ sur la mer. ☐ dans les calanques. ☐ à Cannes. ☐ à Théoule.

2. Pourquoi l'appelle-t-on «Le Palais Bulles»? ______________________________

____

3. A quoi Pierre Cardin compare-t-il les formes rondes du Palais Bulles?

____

4. Ce n'est pas Pierre Cardin qui a dessiné cette villa. ☐ vrai ☐ faux

Justification: ______________________________

5. Ecrivez le chiffre correct dans la bonne case. Attention, il y a trois chiffres en trop!

1800 3 500 8500 14 40 1999 350 1000 20 98

suites	________	places dans l'amphithéâtre	________
hublots	________	durée de la construction	________
piscines	________	places dans la grande salle	________
superficie du jardin	________	superficie du palais	________

6. Ce palais reflète bien le monde de Pierre Cardin parce que … *(3 idées)*

____

____

____

7. Pierre Cardin a acheté cette maison ☐ pendant un festival de Cannes. ☐ pour des fêtes. ☐ pour des défilés. ☐ pour son mariage.

8. Pierce Brosnan est venu au Palais Bulles parce qu'______________________________

____

9. Aujourd'hui, ce palais est un musée que tout le monde peut visiter. ☐ vrai ☐ faux

Justification: ______________________________

10. Pierre Cardin habite toujours dans cette villa. ☐ vrai ☐ faux

Justification: ______________________________

C *Faites des recherches dans Internet sur Pierre Cardin et Antti Lovag.*

1. Pierre Cardin: ______________________________

____

____

2. Antti Lovag: ______________________________

____

Ecouter

5 Nice solidaire ou ville de vieux et de riches? (nach SB S. 65, Nr. 6)

27 *Dans le Vieux-Nice, un animateur de Radio-Nice fait un sondage. Ecoutez les interviews, puis complétez et cochez la/les bonne/s réponse/s.*

A ***Avant l'écoute:*** *Comment peut-on aider les gens qui habitent dans des régions où la vie est chère?*

B *Pendant les interviews:*

1. On interviewe …

☐ des touristes. ☐ un chef d'entreprise. ☐ des Niçois.
☐ le maire. ☐ un étudiant. ☐ le président d'une association.

2. Un monsieur très riche est heureux de *(une idée)* ______________________________

____

3. Les autres regrettent qu'à Nice, la vie soit ______________________________

C *Pendant les interviews dans le restaurant et l'épicerie[1]:*

1. A Nice-Sophia Antipolis, __________ étudiants ont moins de __________ euros par jour pour vivre.

2. Le 1er restaurant solidaire de France a ouvert …

☐ en Alsace-Lorraine. ☐ à l'Université Nice-Sophia Antipolis. ☐ à Nice.

3. «C'est comme un __________ restaurant, avec un beau __________, mais seulement pour les étudiants. Il y a toujours de la musique et un DJ. __________ étudiants peuvent venir y manger __________ fois par semaine.»

4. Les repas du soir … ☐ coûtent 1 €. ☐ coûtent 10 €. ☐ ne coûtent rien.

5. Ils sont … ☐ seulement pour les étudiants défavorisés. ☐ pas très bons. ☐ très frais.

6. Le restaurant et l'épicerie solidaires créent un lien __________.

7. A l'épicerie solidaire, la nourriture coûte __________ % du prix du supermarché.

8. Les restaurants solidaires sont aussi un lieu …

☐ de rencontres. ☐ de fêtes. ☐ de spectacles. ☐ où on étudie.
☐ où on s'occupe d'animaux.

9. A Nice, on aide aussi les étudiants pour …

☐ les vacances. ☐ la culture. ☐ trouver un travail. ☐ les transports.
☐ les problèmes financiers. ☐ le logement. ☐ les problèmes individuels.
☐ les courses. ☐ la sécurité sociale.

D *Après l'écoute: Est-ce que vous aimeriez étudier à Nice? Pourquoi (pas)? Discutez.*

---

1 une épicerie ein Lebensmittelgeschäft

Médiation

6 Studieren, wo andere Urlaub machen (nach SB S. 67, Nr. 9)

→ En plus S. 65, Nr. 2 △

Votre correspondant/e canadien/ne ne comprend pas pourquoi des étudiants choisissent Nice pour y faire leurs études. Pour lui/elle, ce n'est qu'une ville de riches. Sur Internet, vous avez lu un article d'une jeune Allemande qui étudie à l'Université de Nice-Sophia Antipolis.

Vous envoyez l'article à votre correspondant/e et lui expliquez

- *pourquoi cette ville est si intéressante pour les étudiants du monde entier.*
- *quels sont les défis pour les étudiants à Nice.*

Pour vous aider, lisez d'abord le vocabulaire ci-dessous.

le programme ERASMUS | un amphithéâtre | une colocation | le campus Carlone | raide/abrupte | une faculté | une résidence universitaire | les examens

Kathrin, 22 Jahre

Ich hatte schon immer den Drang, für längere Zeit im Ausland zu leben und deswegen wusste ich bereits zu Beginn meines Studiums, dass ich mit ERASMUS ein Jahr in Frankreich verbringen möchte. So hatte ich auch schon sehr früh damit begonnen, mich über das Bewerbungsverfahren zu informieren und dann auch recht bald zu bewerben. Denn ich hatte ein Ziel: Ich wollte unbedingt nach Nizza!

Sie zählt zwar nach Paris zur zweitteuersten Stadt Frankreichs, aber dafür hat die fünftgrößte Stadt des Landes auch einiges zu bieten. Direkt am Mittelmeer gelegen ist die französische Riviera nicht nur für Entspannung bekannt, sondern auch als Hochburg für Studierende. Das liegt nicht nur an der starken Studentengemeinde, sondern auch an der Nähe zu Sophia Antipolis, dem größten Technologie- und Forschungspark Europas. Diese Lage lockt natürlich viele Studenten an, doch für mich war vor allem diese wunderschöne Stadt am Mittelmeer Grund genug, mich dort zu bewerben. Meine Fakultät lag auf einem Hügel und so konnte man ganz nebenbei aus dem Vorlesungssaal das Meer sehen. Das entschädigt für den schlechten Zustand der Gebäude. Am Anfang habe ich mich echt erschrocken: Löcher in den Decken, auch fehlende Fensterscheiben findet man dort – es wurde seit der Errichtung in den 60ern nicht viel gemacht. Im Bereich Fremdsprachen gab es jedoch eine große Auswahl an Kursen und die häufig geäußerte Kritik, die Uni sei sehr unorganisiert und chaotisch, kann ich nicht bestätigen.

Als ich nach Nizza kam, wollte ich unbedingt in einer WG unterkommen, jetzt bin ich aber sehr froh, dass das nicht geklappt hat, vor allem wegen des Preises und auch wegen der Lage der Uni. Ich hatte das Glück, ein Zimmer in einem Wohnheim zu bekommen, das nur ungefähr 10 Minuten vom Campus Carlone entfernt war. Die Küche musste ich mir allerdings mit den anderen Studenten auf einer Etage teilen. Aber das war in Ordnung. Die Busanbindung in die Innenstadt war sehr gut und auch der Strand war in einer Viertelstunde zu Fuß gut zu erreichen. Allerdings ist der Berg schon ganz schön steil.

Ein Semester in Nizza bedeutet viel Arbeit und viele stressige Phasen, besonders zu Beginn des Semesters und am Ende während der Prüfungen – aber eben nicht nur. Den Großteil meiner Freizeit verbrachte ich mit meinen Freunden dank des angenehmen und milden Klimas am Strand. Beinahe jedes Wochenende unternahmen wir Ausflüge in die Umgebung und in die Natur und ich habe noch längst nicht alles gesehen. Es gibt fantastische Landschaften zu bestaunen, traumhafte Strände und mittelalterliche Städte in den Bergen. Und das alles für den Preis eines Bustickets. Nizza ist der perfekte Ausgangspunkt für Tagesausflüge nach Cannes oder Le Cannet. Auch ein Ausflug nach Monaco ist mit dem Bus kein Problem, er fährt sogar alle 15 Minuten dorthin.

Insgesamt kann ich nur sagen, dass meine Entscheidung, ein Auslandssemester in Nizza zu verbringen, die beste war, die ich treffen konnte. Ich hatte zwar am Anfang etwas Probleme mit der Sprache, aber die haben sich schnell gegeben, denn wenn man offen auf andere zugeht, lernt man schnell Leute kennen und verbessert im Handumdrehen seine Sprachkenntnisse.

Lire

7 A propos du texte (nach SB S. 69, Nr. 2)

Relisez les pages 68 et 69 de votre livre, puis faites les tâches.

A *Qu'est-ce qu'on apprend sur le quartier de l'Ariane? Complétez le tableau avec les mots du texte.*

l'infrastructure	la piscine, ____
les problèmes	____
les habitants	____

B *Que pensent Karim (K) et Yannick (Y)? Lisez les phrases et notez la bonne lettre, K ou Y.*

1. ____ Le quartier se trouve en banlieue.
2. ____ La ville de Nice essaie de rendre la vie en banlieue plus attractive.
3. ____ Le quartier n'est pas beau, même s'il y a une bonne infrastructure.
4. ____ Les projets de rénovation urbaine ne suffisent pas à améliorer la qualité de la vie.
5. ____ Dans ce quartier, la qualité de la vie dépend des habitants et de l'administration.
6. ____ Il faut plus de mesures sociales pour faire face aux problèmes.
7. ____ Il préfère le centre-ville de Nice.
8. ____ C'est important de s'engager pour rendre le quartier plus agréable.

C *Complétez les phrases si possible avec vos propres mots.*

1. Dans le quartier de l'Ariane, il y a plusieurs associations ____
2. Pour les plus jeunes, l'association «Le Village» propose ____
3. Karim travaille pour ____
4. Les jeunes ont aussi la possibilité d'enregistrer «leur» musique parce que/qu' ____

Parler

D *Présentez le quartier de l'Ariane dans un monologue minute.*

Atelier B

eu de mots

8 Vivre au centre-ville et en banlieue (nach SB S. 69, Nr. 2)

→ En plus S. 64, Nr. 1 △

Regardez les photos et les mots ci-dessous, puis complétez les textes et mettez les mots à la bonne forme.

banlieue – coin – défavorisé – délinquance – éloigné – fréquenté – graffeur – logement – loyer – niçois – plein – proche – suffire – traîner – urbain – vieux – villa

Le quartier Libération

1. Dans ce quartier niçois__________, on est très __________ du centre-ville.
2. Les __________ y sont très élevés.
3. En tram ou en bus, on peut aller rapidement dans la __________ ville et admirer ses jolis __________ touristiques toujours très bien __________.
4. Les habitants aiment surtout le grand marché en __________ air sur la place Charles de Gaulle.
5. A la nouvelle gare, on trouve aussi de l'art __________ : un mur très long plein de graffitis!
6. Et dans le centre, un autre mur est aussi complètement réservé aux __________.

Le quartier de l'Ariane

7. Dans le quartier de l'Ariane, la réalité est bien différente: situé en __________, il est __________ du centre-ville et on n'y loge pas dans des grandes et belles __________, mais dans des immeubles pas très beaux.
8. C'est un quartier __________ qui doit faire face à des problèmes économiques et sociaux, comme la __________.
9. On voit partout des jeunes qui ne vont pas au collège et qui __________ dans les rues.
10. Beaucoup d'habitants n'ont pas de travail et vivent dans des __________ sociaux.
11. Il existe des projets de rénovation urbaine, mais malheureusement cela ne __________ pas à changer la situation.

Parler

9 Etudier à Nice?

*Après le bac, vous (**A**) aimeriez étudier à l'université – mais pas en Allemagne! C'est pourquoi vous parlez avec Alex (**B**), un / e ami / e de votre correspondant / e français / e (**B**) qui étudie à l'université de Nice. Travaillez à deux. Décidez qui prend le rôle **A** et le rôle **B**.*

***A** commence. Puis changez de rôle. L'élève **C** note dans le tableau si **A** et **B** ont bien utilisé les informations de l'unité.*

A (toi)
- habite en Bavière, à Nuremberg
- va passer le bac (Abitur) dans 3 ans
- aimerait étudier en France après le bac
- a découvert Nice dans son livre de français
- aimerait savoir si la vie est chère à Nice
- veut savoir quel quartier est le moins cher
- cherche des informations sur les transports en commun à Nice
- veut comprendre pourquoi les jeunes veulent tous étudier à Nice

B (l'ami / e de votre correspondant / e)
- habite à Nice et a étudié à Nice
- a fait l'expérience que les logements sont chers à Nice
- a fait l'expérience qu'il n'y a pas beaucoup de logements pour les étudiants à Nice
- a fait l'expérience que les logements pour les étudiants sont dans des quartiers à problèmes
- donne le conseil d'utiliser le bus même la nuit
- confirme qu'à Nice, il y a beaucoup d'activités au bord de la mer et dans la montagne
- confirme qu'il fait toujours beau à Nice

C
- ☐ A et B ont utilisé au moins 5 mots de l'unité *[une technopole, riche, loger, un coin, le climat, Niçois(e), éloigné, le loyer, un logement (social), la violence, la délinquance]*.
- ☐ A et B ont utilisé au moins une fois *la voix passive*.
- ☐ A et B ont respecté la chronologie du dialogue.
- ☐ A et B on parlé de manière spontanée.

Chasse aux fautes

10 La ville aux 1000 parfums (nach SB S. 71)

A *Votre classe fait un voyage scolaire à Nice. Hendrik voudrait poster un article sur votre excursion à Grasse, mais il a fait quelques erreurs. Il a utilisé les bons temps mais pas les bonnes formes. Aidez-le à les corriger et faites attention aux accords!*

Prenez le temps pour une excursion dans la région niçoise. Je vous promets que vous découvriront des nouvelles facettes de cette région! Nous avons parti à Grasse qui ce trouve à une heure de Nice – c'était fantastique! Autour de cette ville, il y a des petits villages et des paysages impressionnants qui peuvent être découvert à pied. La ville de Grasse est connue comme la capitale mondiale du parfum, c'est pourquoi elle est très fréquenter parmi les touristes. Bien sûr que nous sommes visités le musée international de la parfumerie qui est ouverte ses portes au public en 1989. Le premier musée a eu fondé de François Carnot en 1918. Promenez-vous dans les petites rues jusqu'à la place aux Aires qui mérite de se visiter. Dans la cathédrale qui ai située sur une colline dans la vieille ville, on peux admirés des tableaux qui on était peint par Rubens. Grasse, ça vaut le coup!

corrections:

B *Hendrik a posté les mauvaises photos. Cochez les photos qui n'ont pas été prises pendant l'excursion à Grasse, mais pendant le séjour à Nice. A droite, expliquez pourquoi.*

☐

☐

☐

☐

Médiation

11 Zwischen Licht und Schatten (nach SB S. 71, Nr. 5)

Vous devez présenter en cours de français la vie dans la banlieue niçoise. Vous avez trouvé un article intéressant du journal allemand «Die Zeit». Préparez une présentation et

- *résumez les aspects positifs de la vie à Nice et les problèmes sociaux en banlieue.*
- *parlez aussi des défis politiques expliqués dans l'article.*

Pour vous aider, lisez d'abord le vocabulaire ci-dessous.

un immeuble | un(e) terroriste | un attentat | un maire | réhabiliter | un logement social | le droit | un quota | un(e) employé(e) | un/une adepte | raser un immeuble

Die Endstation der Tram heißt „Henri Sappia". Hier im Nordwesten […], wo die Wohnblöcke 16 Geschosse haben und nicht mehr nur fünf oder sieben wie im Zentrum, endet Nizzas einzige Straßenbahnlinie. […] Hier hat der Attentäter vom 14. Juli mit seiner Familie gelebt, bevor er sich von seiner Frau trennte. […]

Viele Menschen hat der Anschlag in Nizza auch deswegen so stark bewegt, weil sie die Stadt an der Côte d'Azur kennen, wenn ihr Nizza auch ganz anders ist als das des Attentäters. In Frankreich ist die Stadt nach Paris das zweithäufigste Touristen-Ziel. Sie ist berühmt für ihr Licht, für Künstler wie Picasso und Matisse, denen zahlreiche Museen gewidmet sind, für das Savoir-Vivre, das hier schon einen deutlich italienischen Einschlag hat, und natürlich das Meer und seine Strände. […]

Der große Coup jedoch gelang […] Bürgermeister Christian Estrosi. Der begann 2011 damit, […] in Nizzas Mitte einen zwölf Hektar großen Park anzulegen. Im Spätherbst 2013 wurde er eingeweiht: eine zweite Flaniermeile, mit erfrischenden Wassernebelspielen und prachtvollen Grünanlagen, großzügigen Picknickflächen und riesigen, fantastischen Meerestieren als Klettergerüsten.

Mehr als 90 Prozent der Bürger von Nizza leben in Wohnungen. Sie sollten mit dieser *Coulée Verte* einen gemeinschaftlichen Garten mitten in der Stadt bekommen. Die Idee scheint aufgegangen zu sein. […]

55 000 Migranten leben in Nizza. Sie machen etwa 16 % der Bevölkerung aus, wobei 6 % aus anderen europäischen Ländern stammen und 10 % aus Ländern außerhalb Europas, vor allem aus dem Maghreb, aus Marokko oder Tunesien […]. Damit verzeichnet Nizza hinter Paris und Straßburg am drittmeisten Einwanderer.

Hat Nizza also vieles richtig gemacht? Nein, seinen sozialen Wohnungsbau hat Nizza vernachlässigt. Für Großstädte mit mehr als 200 000 Einwohnern schreibt das französische Recht […] eine Sozialwohnungsquote von mindestens 20 % vor. Nizza verfügt bei 345 000 Einwohnern über gerade mal knapp 11 %.

Für Studenten, junge Arbeitnehmer und Familien ist es […] besonders schwierig, günstigen Wohnraum zu bekommen. […] Dazu kommt die relativ hohe Arbeitslosigkeit, vor allem unter Jüngeren. Sie liegt bei 15 %, was weniger ist als in der französischen Gesamtbevölkerung, aber deutlich mehr als in anderen großen Städten. […]

Erst vor gut zehn Jahren hat die Stadt in drei Vororten große Wohnungsbauprojekte gestartet, um […] heruntergekommene Wohnungen zu sanieren und neue zu bauen. Zwei dieser […] Viertel liegen an den Endpunkten der Tramlinie im Nordosten von Nizza, in Pasteur und L'Ariane. Vor Jahren hat man dort begonnen, die schlimmsten Hochhausblöcke, die als Brutstätte für Frust und Kriminalität und jüngst auch Radikalisierung gelten, abzureißen und durch neue, niedrigere Einheiten mit mehr Grünflächen zu ersetzen. […]

Am wichtigsten wird es sein, […] den Menschen solcher sozial schwachen Viertel wie L'Ariane Bildung und Arbeit anzubieten. Beides sind entscheidende Faktoren, um einer religiösen Radikalisierung entgegenzuwirken – oder auch nur einem so großen Lebensfrust, dass einer radikal gewalttätig wird. […]

Pratique: tâches

Réaliser/ Parler

1 Faire une présentation «Pecha Kucha»

Votre classe veut faire un diaporama sur la région de Nice. Vous avez de la chance, toute la région est magnifique, aussi bien au bord de la mer que dans l'arrière-pays et les montagnes. Vous préparez une présentation «Pecha Kucha», technique originaire du Japon, et très structurée.
Quelles sont les règles? Il n'y a pas de texte écrit dans votre présentation, mais beaucoup de photos. Montrez 20 diapositives comme celles à droite pendant 20 secondes, comme un diaporama. Faites un commentaire oral. La présentation dure donc 6 minutes 40 secondes, c'est court.
Votre professeur peut modifier ces règles du jeu.

1. île Saint-Honorat

2. Gorges du Verdon

3. Grasse

4. Isola 2000

5. Saint-Tropez

A Préparer la présentation

Avant de commencer, sélectionnez un endroit intéressant de la région. Puis choisissez des photos qui transportent un message fort, éventuellement aussi des diagrammes ou cartes. Notez les sources.

B Créer la présentation «Pecha Kucha»

- Attention à bien choisir les images. Attention à la qualité!
- Réfléchissez à l'ordre des images: est-il logique?
- Choisissez seulement les informations-clés pour chaque diapo.
- Ecrivez votre texte en entier. Marquez les mots-clés.
- N'écrivez pas de texte sur les diapos, mais seulement des mots compliqués, ou des noms/chiffres/dates.
- Indiquez la source de chaque élément que vous n'avez pas créé vous-même, sur chaque diapo ou à la fin.

C S'entraîner pour la présentation

Il faut de l'entraînement pour réussir une présentation «Pecha Kucha», si possible avec un/e camarade de classe.
Entraînez-vous à la maison à parler 20 secondes par diapositive.
Vous devez …

- vous concentrer sur la présentation orale, pas sur la technique.
- ne pas avoir peur de faire des fautes (personne n'est parfait!).
- penser à faire des petites pauses!
- informer la classe, l'intéresser et la convaincre.
- présenter de façon créative, vivante et dynamique.
- penser à regarder la classe!

Bilan

→ Solutions: page 124.

Médiation

1 Ecouter

28 *Vous aussi, visitez le «Palais Bulles» de Pierre Cardin! Regardez le reportage, puis cochez ou complétez.*

1. Décrivez la vue d'ensemble de la maison au début du reportage ______________________________

   ____
2. Qu'est-ce qu'on voit dans l'entrée de la maison? ______________________________
3. Comment s'appellent les 2 personnes au début du reportage? ______________________________
4. Pierre Cardin est arrivé dans la maison en ______________________________
5. La visite commence par ______________________________
6. Pierre Cardin a été le premier propriétaire de la maison. ☐ vrai ☐ faux

   Justification: ______________________________

   ____
7. Le lit se trouve ☐ par terre. ☐ dans le mur. ☐ en hauteur.
8. On entre dans le salon par ☐ une porte simple transparente. ☐ une porte double, rouge et transparente.
9. Les meubles, c'est la ligne OVNI[1] qui a été ______________ dans les années 70 par Pierre Cardin.
10. Des festivals de ______________________ ont lieu pour les habitants de Théoule.
11. La porte-bulle conduit à l' ______________ privé de Pierre Cardin qui occupe ____ niveaux.
12. Qui est le monsieur qui souhaite la bienvenue à la fin du reportage? ______________________

Vocabulaire

2 Les jeunes de la cité

Complétez le texte par les mots ci-dessous. Mettez-les à la bonne forme.

autour de | cité | cliché | défavorisé | délinquance | élevé | immeuble | issu de | loyer | mauvais | mériter | quartier | s'engager | se révolter | social | traîner | violence

La banlieue, c'est le territoire qui se trouve ______________ centre-ville. Mais en France: on pense aux quartiers ______________ et à leurs ______________: des vieux ______________, des logements ______________, des habitants souvent ______________ l'immigration, le chômage ______________, la ______________ et la ______________ parmi les jeunes. Les logements aux petits ______________ en banlieue continuent d'attirer des familles pauvres. La plupart de ces quartiers sont en ______________ état et souvent, on n'y trouve pas de cinémas, de salles de sport ou de magasins. Aujourd'hui, le mot «banlieue» est généralement remplacé par «______________ sensible» ou par le mot «______________». Mais les jeunes en banlieue réagissent maintenant: certains sont en colère et ______________ contre la pauvreté et le racisme. D'autres montrent qu'il y a beaucoup de solidarité et créativité dans ces quartiers et ______________ dans des associations. C'est vrai, il y a beaucoup de problèmes et les jeunes ______________ souvent dans la rue, mais il y a aussi dans certaines banlieues des aspects positifs qui ______________ d'être découverts.

---

1 un toboggan eine Rutschbahn **2 une échelle** eine Leiter **3 un OVNI** ein Ufo

3 On combine

Lisez bien le contexte pour compléter correctement le texte: mettez les verbes entre parenthèses au ***passif*** *et les mots à la bonne forme.*

festival – éloigné – mieux – plaisir – gratuit – million – carnaval – culturel – fête – défilé – activité – créer – artifice – commerce – participer

Dans le sud, on aime s'amuser! Chaque année, des grands évènements ____________ *(organiser)* pour le plus grand ____________ des Niçois et des touristes: le grand ____________ de Nice avec des batailles de fleurs, «La ____________ du citron» à Menton avec des ____________ de citrons, ou le ____________ du film de Cannes avec des grandes stars qui ____________ toujours très ____________ *(attendre)* sur la Croisette.

Et ce n'est pas tout! A Grasse, petite ville ____________ de Cannes de 12 km, on assiste aussi à des ____________ des feux d' ____________ et des animations ____________ pendant la «Fête du jasmin».

Mais Grasse ____________ *(connaître)* dans le monde entier pour son ____________ principale: le parfum. Il y représente 7 à 8 % du ____________ mondial! Saviez-vous que tous les grands parfums parisiens ____________ *(fabriquer)* ici? Des visites guidées ____________ ____________ *(organiser)* par les trois grandes parfumeries. Leurs musées peuvent ____________ *(visiter)* pour ____________ connaître les techniques et l'histoire de la parfumerie. Et surprise! Vous, vous pouvez aussi ____________ votre parfum et ____________ à toutes les étapes pour le fabriquer!

En plus: différenciation

Ecrire

1 Nice, la Belle

En cours, vous avez souvent parlé de Nice et de la région niçoise. Votre professeur/e de français vous demande de préparer un petit guide touristique sur Nice qui pourrait être publié sur un blog de voyage.

A *Formez des groupes de trois ou quatre et choisissez la catégorie qui vous intéresse.*

Visiter le Vieux-Nice
Visiter Nice en hiver
La plage
Les spécialités gastronomiques niçoises
Des belles balades autour de Nice
Découvrir les gorges du Verdon
Nice en fête
Nice et la peinture
Un évènement sportif à Nice
La fête du citron à Menton
Une excursion à l'île Saint-Honorat
Le festival de Cannes

B *Faites des recherches sur Internet et prenez des notes. N'oubliez pas de chercher des photos pour illustrer votre guide!*

du … au … août 20..
en bus de Nice à …
à faire: un tour en …/à …
à voir: visiter la cathédrale de …

Les gorges du Verdon

La fête du citron

L'île Saint-Honorat

Spécialités gastronomiques

C *Ecrivez le texte pour votre guide touristique. Pour motiver les lecteurs, faites attention à …*

1. respecter la catégorie choisie en **A** et bien choisir les meilleurs conseils (entre 5 et 10 maximum) pour un voyage réussi.
2. trouver des titres pour chaque aspect que vous voulez présenter.
3. donner d'abord quelques informations générales par rapport à votre thème et bien structurer votre guide.
4. écrire des textes courts, mais passionnants.

D *Chaque groupe regarde le guide touristique d'un autre groupe et prend des notes sur les points suivants:*

- la structure du guide touristique
- la qualité des photos
- le choix des informations

Après, discutez de vos notes avec l'autre groupe de façon constructive. Complétez votre guide si nécessaire.

E *Présentez votre guide à vos camarades de classe.*

En plus

Médiation

2 Hilfe zur Selbsthilfe

Votre correspondante Lilou passe une semaine chez vous. Dans sa chambre, elle trouve un ancien journal de 2018 avec un article sur la vie des jeunes Français en banlieue. On y parle du programme «La France – une chance pour tous», mais Lilou ne comprend pas bien.
Pour elle, vous résumez d'abord les problèmes sociaux en banlieue, puis vous présentez les objectifs et les mesures de ce programme.

Sie sind berüchtigt für Drogen und Gewalt, besonders unter Jugendlichen – Frankreichs Banlieues. Im Jahr 2018 hat die französische Regierung das Programm „La France – une chance pour tous" gegründet. Der Fokus liegt auf Bildung und Kultur, aber besonders auf der Förderung von Selbsthilfegruppen in den Vorstädten. So soll versucht werden, die jungen Erwachsenen wieder in die Gesellschaft einzugliedern.

Schlägereien und Gewaltakte zwischen französischen Jugendbanden, besonders in den sozialen Brennpunktvierteln im Großraum Paris, sorgen für Schlagzeilen. Das Tragische ist, dass in den letzten Jahren auch immer wieder Jugendliche zu Tode gekommen sind. Daher ist es nicht überraschend, dass Paris neue Pläne zur Bekämpfung der Gewalt von Jungendbanden verkündet. In den Banlieues sollen die Polizeikräfte aufgestockt werden und die Zusammenarbeit zwischen Polizei und den Sozialdiensten soll verbessert werden.

Die Jugendlichen in den Banlieues sind vermutlich gewaltbereiter, weil sie aus sozial benachteiligten Familien stammen und die meisten von ihnen die Schule abgebrochen haben. Sie finden Rückhalt in den Jugendbanden, sind aber für die Gesellschaft unsichtbar. Das Programm „La France – une chance pour tous" soll die Missstände in den Banlieues bekämpfen: fehlende Bildung, Gewalt, Armut, Arbeitslosigkeit, Drogenkriminialität, religiöse Radikalisierung. Auch die zunehmende Abschottung bestimmter Bevölkerungsgruppen wird immer mehr zum Problem.

Diese Missstände haben sich über Jahrzehnte entwickelt. Anfangs lebten Angestellte, Arbeiter und Gastarbeiter gemeinsam in den Hochhaussiedlungen. Die Wohnanlagen wurden jedoch nicht gepflegt. Nach und nach blieben dort nur noch die sozial schwachen Familien, meist mit Migrationshintergrund. Perspektiven? Fehlanzeige! Doch genau darum geht es: Jeder und jedem Einzelnen die Chance auf eine bessere Zukunft geben.

Staatspräsident Emmanuel Macron setzt auf eine neue Herangehensweise und den Elan und den Willen zur Veränderung, der sich in vielen Plattenbauvierteln ausbreitet. Die Bewohner engagieren sich immer öfter ehrenamtlich, um ihr Viertel lebenswerter zu machen. Das neue Motto der Politik lautet daher: Hilfe zur Selbsthilfe.

Der Pariser Verein „Nos quartiers ont du talent" (NQT) beispielsweise hat es sich zur Aufgabe gemacht, jungen Hochschulabsolventen zu helfen einen Arbeitsplatz zu finden. Viele junge Akademiker aus sozial benachteiligten Familien haben Probleme, einen Arbeitsplatz zu finden, der ihrer Qualifikation entspricht. Ihnen fehlt das richtige Netzwerk, um Zugang zu guten Berufen zu bekommen und es fehlt ihnen oft an Selbstvertrauen. Der Verein stellt den jungen Menschen einen Paten zur Seite, der sie dabei unterstützt.

Das Ziel der neuen politischen Herangehensweise ist klar: Kinder aus sozial benachteiligten Familien müssen dieselben Chancen haben. Deshalb wurde nun in Frankreich die Schulpflicht schon ab drei Jahren eingeführt. Gleichzeitig werden auch kleinere Grundschulklassen geformt, damit die Schüler besser von den Lehrern betreut werden können. Bisher hinken die Schulkinder aus den Banlieues den Schulkindern aus dem Rest des Landes hinterher. Diese Bildungsdefizite sollen aber ausgeglichen werden. Das Wichtigste ist, dass, egal woher man kommt, einem alle Möglichkeiten offenstehen, wenn man sie ergreifen möchte.

1 l'intégrisme *(m.)* **2 l'isolement** *(m.)* **3 un parrain**

En plus

Lire

3 La Cauperla Taxifolia, algue invasive

Lisez le texte, puis répondez aux questions, complétez ou cochez.

La Cauperla Taxifolia

C'est une petite algue de 20 à 30 cm de haut, très jolie, avec ses petites branches d'un joli vert fluorescent et son joli petit nom. Mais attention, elle est dangereuse pour la faune et la flore. Mais comment cette algue australienne est-elle arrivée ici, dans la Méditerranée? En fait, elle a d'abord été importée dans les années 50 pour décorer l'aquarium de Stuttgart puis elle a été donnée au musée océanographique de Monaco pour servir de nourriture aux poissons tropicaux.

Malheureusement, en 1984, un aquarium du Musée océanographique de Monaco a été vidé par erreur dans la mer où elle a d'abord occupé 1 m^2, puis elle s'est développée à grande vitesse, avec 14 000 algues par m^2. Dans les années 90 et 2000, on aurait pu croire que la mer était attaquée par des extra-terrestres: la taxifolia tuait toutes les autres algues et menaçait la faune et la flore. Comme cette algue fluorescente est invasive et toxique pour certains poissons, ils ne peuvent pas la manger ou ils en meurent. Ce phénomène a donc créé des déserts marins où tout disparaissait autour d'elle, c'est pourquoi elle est aussi appelée «algue tueuse» ou «peste verte». Si cette algue s'est si bien adaptée en Méditerranée, c'est grâce à la lumière, la température, le sel, la profondeur, le plancton et peut-être aussi le changement climatique …

En 1989, le plongeur et chercheur scientifique Alexandre Meinesz de l'Université de Nice – Sophia Antipolis était appelé à l'aide. Mais il est très difficile de lutter contre elle: elle survit à 7 °C, à 100 m de profondeur, et surtout, elle s'adapte bien à la pollution et aux changements. En 2004, elle formait déjà un tapis de 15 000 hectares et menaçait les côtes de 5 pays: la France, l'Italie, l'Espagne, la Croatie et même la Tunisie! Elle y a changé tout l'écosystème de la côte méditerranéenne. On a d'abord essayé de la supprimer par des méthodes mécaniques, chimiques ou biologiques mais aucune n'a vraiment eu du succès.

Et pourtant, bonne nouvelle! En 2004, le tapis a commencé à se réduire sans qu'on ne sache ni pourquoi ni comment. Y a-t-il une raison génétique? Aujourd'hui, 80 % des algues ont disparu, c'est une chance incroyable!

Mais restons prudents. Elle a deux cousines qui pourraient menacer à nouveau la biodiversité …

Marlène Thomas

1. Quels adjectifs conviennent le mieux à la taxifolia?

☐ jolie. ☐ utile ☐ chimique ☐ invasive ☐ biologique ☐ fluo.

2. On l'appelle «peste verte» parce qu'elle (au moins 3 idées) ______

______

3. Comment est-elle arrivée dans la mer Méditerranée? Décris les étapes: d'abord, ______

______

______

4. Pourquoi s'est-elle développée si vite? (au moins 3 idées) ______

______

______

5. Nommer les 3 manières utilisées pour la faire disparaitre: ______

6. Comment a-t-elle disparu? ______

Un peu d'entraînement

→ Lösungen findest du auf S. 124.

Lire **1** MK

La culturethèque

A *Lisez d'abord le texte.*

Culturethèque met à disposition des contenus numériques et les rend accessibles aux abonnés des médiathèques françaises à l'étranger.

INSTITUT FRANÇAIS Deutschland

Si vous êtes inscrit à l'une de nos médiathèques, vous avez automatiquement droit à l'offre de Culturethèque, notre plateforme numérique. Si vous n'êtes pas encore inscrit, **vous pouvez tester la plateforme gratuitement pendant 3 semaines** sans aucun engagement de votre part. Grâce à Culturethèque, accédez à plus de **200 000 documents**: romans actuels, presse magazines, bandes dessinées, musique, documentaires, ressources pédagogiques … Une offre pour adultes mais aussi une offre jeunesse avec des albums à feuilleter, à écouter, à regarder dans des versions animées, des magazines, des séries documentaires ludiques, etc.

Culturethèque, c'est aussi la possibilité de faire des recherches dans la **base de données Europresse** qui donne accès à des centaines de titres de presse francophones *(Le Monde, Libération, Le Figaro …).* L'outil idéal pour préparer des revues de presse, un exposé, un cours pour vos étudiants.

Si vous êtes abonné(e) aux newsletters de nos médiathèques ou si vous vous abonnez à la newsletter «La France dans ton salon» | «Frankreich im Wohnzimmer», vous recevrez chaque mois une sélection de coups de cœur (tous disponibles sur Culturethèque), des liens vers des podcasts et des rencontres avec des auteurs et des artistes, des spectacles en ligne.

Vous avez déjà un abonnement dans une des médiathèques du réseau, mais vous n'avez pas activé votre compte ou vous avez perdu vos identifiants? Vous souhaitez vous abonner à la médiathèque (incluant l'offre Culturethèque) ou prolonger votre abonnement? Vous souhaitez vous abonner à la newsletter de votre médiathèque? Pour toutes ces questions adressez-vous à la médiathèque la plus proche de chez vous. Vous trouverez leurs coordonnées sous la rubrique:

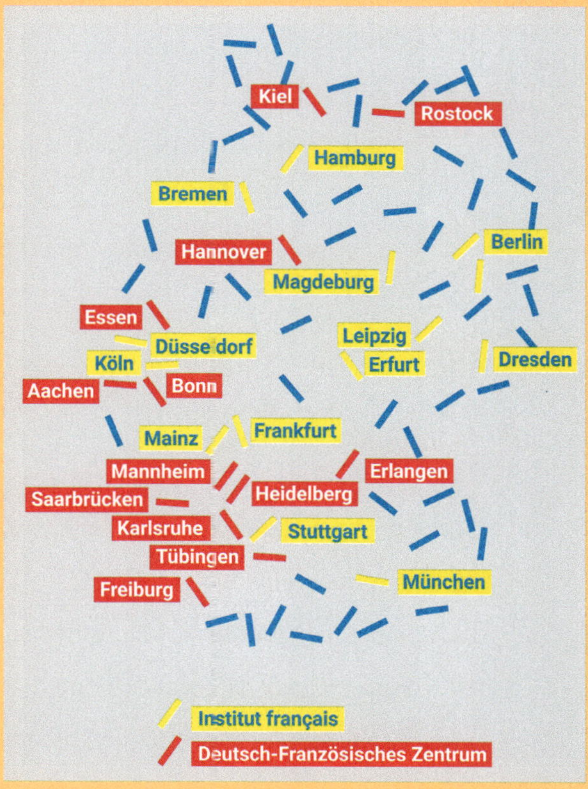

Le réseau de médiathèques des instituts français et centres franco-allemands en Allemagne. →

B *Cochez la bonne réponse ou écrivez l'information demandée.*

1. Culturethèque est …

☐ un réseau de médiathèques en France. ☐ un réseau de médiathèques françaises en Allemagne.

☐ un réseau de médiathèques à l'étranger. ☐ une médiathèque française en ligne.

2. Culturethèque est accessible et gratuite pour tout le monde. ☐ vrai ☐ faux

Justification: ____________________

____

____

3. L'offre de Culturethèque est …

☐ surtout pour les adultes. ☐ surtout pour les enfants. ☐ pour tous les âges.

4. On y trouve aussi des journaux français. ☐ vrai ☐ faux

Justification: ____________________

____

5. Culturethèque est idéale pour faire des recherches. ☐ vrai ☐ faux

Justification: ____________________

____

6. Toutes les écoles reçoivent automatiquement la newsletter de la Culturethèque.

☐ vrai ☐ faux

Justification: ____________________

____

7. Culturethèque offre la possibilité d'inviter des auteurs ou artistes chez soi. ☐ vrai ☐ faux

Justification: ____________________

8. Qu'est-ce qu'il faut faire pour profiter de l'offre de Culturethèque?

____

____

En forme

2 Les questions d'Emilia

A l'Institut français de Munich, une élève veut avoir des informations sur Culturethèque.
Ecrivez les questions qu'elle pose à la responsable de la médiathèque et utilisez la ***question par inversion****.*

Emilia veut savoir …

1. comment on s'inscrit à Culturethèque. ____________________

2. combien d'utilisateurs elle compte. ____________________

3. s'il y a aussi une offre pour les enfants. ____________________

4. si on peut s'abonner aux newsletters. ____________________

5. s'il est facile de se connecter. ____________________

Unité 4
Lire

Atelier A

Lire

1 Analyser un texte

A *Lisez d'abord ces conseils pour lire et analyser un texte.*

STRATEGIE

Une bonne analyse commence par une bonne lecture.
- Lisez le **titre** du texte: que peut-il vous donner comme premières informations?
- Ensuite, lisez le **texte** une première fois: de quoi parle-t-il? Quel en est le sujet?
- Avant de répondre aux **questions**, lisez-les: quelles informations faut-il chercher?
- Lisez le texte une seconde fois lentement. Soulignez les **mots-clés**.

L'analyse est aussi une affaire de structure et de vocabulaire.
- Utilisez des expressions standard comme par exemple: *Ce texte extrait du roman / livre «…» de XY parle de … / Dans ce texte, il est question de …*
- Décrivez les personnages, leurs relations, l'action, les détails importants.
- Pensez à utiliser des adverbes: *d'abord / tout à coup / soudain / ensuite / mais …*
- Exprimez votre avis: *Ce qui frappe / surprend le lecteur / la lectrice, c'est que …*
- Justifiez toujours vos réponses et faites des hypothèses: *On peut penser que … parce que … / Peut-être que … / On comprend cette réaction stressante / agréable / bizarre …*

B *Lisez le texte, puis répondez aux questions dans votre cahier. Utilisez la stratégie ci-dessus.*

Mardi, ligne 42

C'était déjà la troisième année de suite qu'elle prenait ce bus. Ligne 42, à l'arrêt Jean Jaurès. Trois ans au rythme du collège, des emplois du temps qui changeaient d'une année à l'autre, et des vacances scolaires. Jean Jaurès. C'était qui déjà? En cours d'histoire, ils en avaient parlé il n'y a pas longtemps. Mais elle avait oublié. Assise dans son bus, Juliette regarda dehors. Elle s'amusa à observer les voitures et tous ces gens qu'un travail attendait quelque part. Elle aimait s'imaginer quel métier ils avaient. Tiens, le type sur le trottoir, avec son costume-cravate et ses baskets. C'était sûrement un jeune fou d'informatique et de business. L'autre, un peu plus loin, faisait plutôt SDF avec son sac à dos et son chien. Et cette femme, 40 ans, chic, avec son portable …

Le bus s'arrêta pour laisser monter quelques personnes. Un instant, Juliette eut envie de descendre. Et si elle partait, comme ça, tout de suite? Depuis plusieurs jours, cette idée la poursuivait, avec une petite voix intérieure qui lui disait: «Vas-y, vas-y, laisse tout tomber, vis ta vie!» Mais un quart de seconde plus tard, une autre voix, plus forte, lui rappelait: «Ton petit frère compte sur toi, ne le laisse pas tomber!» Alors Juliette, une fois de plus, resta assise alors que le bus repartait. Ses pensées allaient vers son petit frère Hugo, 7 ans. Il avait cette façon de lui sourire comme un immense soleil. «Et puis il y a maman …» Le visage de Juliette s'assombrit. Depuis des années, sa mère se battait toute seule. Un mari absent, peu d'argent, un travail trop dur … Prochain arrêt: Simone Veil. Juliette vit sa copine Lucie qui l'attendait. En maths, comme d'habitude, elle ne comprendrait rien. A quoi ça sert, $(a + b)^2 = a^2 + 2ab + b^2$? Mais Lucie est sa seule amie. Juliette quitta le bus. Une nouvelle journée commençait …

Catherine Marsaud

1. Résumez ce texte en deux ou trois phrases.
2. Décrivez la situation familiale de Juliette.
3. A votre avis, quelle relation Juliette a-t-elle avec le collège? Justifiez votre réponse.

Lire

2 A propos du texte (nach SB S. 79, Nr. 2)

Relisez le texte 1 p. 78/79, puis répondez aux questions.

1. Où et quand se passe la scène?

____

____

2. Quels sont les personnages présents dans cette scène?

☐ Séléna ☐ Vérane ☐ le père ☐ la mère

3. Quelle est la phrase-clé qui casse l'ambiance de la soirée?

____

4. Dans cette scène, deux mondes sont face à face. Lesquels?

Le monde ____________________ (les parents) le monde ____________________ (Séléna).

5. Parmi ces adjectifs, quels sont ceux qui correspondent au monde des parents pendant le repas?

☐ traditionnel ☐ lourd ☐ agréable ☐ silencieux ☐ doux

6. Séléna veut aussi devenir stripteaseuse. ☐ vrai ☐ faux

Justification: ____

7. Quels sont les arguments des parents pour faire changer d'avis à leur fille? Faites une liste.

____

____

____

8. Quelle question pose Séléna comme contre-argument?

____

9. Après avoir proposé de travailler dans l'astrophysique, quels métiers Séléna propose-t-elle?

☐ la culture ☐ l'éducation ☐ le droit ☐ la médecine ☐ les arts

10. Qu'est-ce que les parents reprochent[1] aux professeurs?

☐ de profiter des gens ☐ d'être tristes ☐ d'être secs ☐ de ne rien créer

11. Les parents trouvent que les médecins sont des gens ____________________

12. A votre avis, pourquoi est-ce que Séléna presse ses mains sur son visage à la fin?

☐ Elle pleure. ☐ Elle désespérée. ☐ Elle n'a plus d'arguments. ☐ Elle a peur.

1 **reprocher qc à qn** jdn etw. Vorwerfen

En forme

3 Maïté Coiffure (G 8) (nach SB S. 80, Nr. 3)

Dans son roman ***Maïté Coiffure****, Marie-Aude Murail raconte l'histoire de Louis qui n'aime pas l'école. Un jour il apprend qu'il doit faire un stage et sa grand-mère annonce que sa coiffeuse est prête à le prendre.*

Lorsque Louis partit au collège, le lendemain, il eut envie de passer par le quartier piétonnier. *Maïté Coiffure* se trouvait rue de la Cerche, en face d'une boulangerie. En passant devant la vitrine Louis s'arrêta. 9 h – 20 h, c'était l'horaire affiché à l'entrée, mais un néon blême clignotait déjà à l'intérieur. Une femme en pantoufles[1] passait une serpillière sur le carrelage. Elle fit une pause et regarda vers la rue. Louis vit qu'elle l'avait vu. Il rougit et partit vite. Quand Louis sortit du bahut, à dix-huit heures, le jour se recouchait déjà. Louis se sentit attiré de nouveau par *Maïté Coiffure*. À la maison, il retrouva sa petite sœur au salon. Elle jouait à Barbie en regardant *Charmed* à la télévision. Il s'assit sur le tapis et prit Raiponce. Il remarqua que les longs cheveux blonds faisaient des nœuds[2] et commença à les démêler[3].

A *Soulignez dans le texte les verbes au passé simple.*

B *Le soir, Louis parle de cette scène dans son journal intime. Complétez le texte de Louis avec les verbes de l'extrait en haut au* ***passé composé****.*

Quand je suis parti pour le collège, je/j'__________ envie de passer par le quartier piétonnier. Maïté Coiffure se trouve rue de la Cerche, en face d'une boulangerie. En passant devant la vitrine, je __________. 9 h – 20 h, c'était l'horaire affiché à l'entrée, mais il y avait déjà de la lumière. Une femme en pantoufles nettoyait le salon. Elle __________ une pause et __________ vers la rue. Je/j'__________ qu'elle m'avait vu. Je/J'__________ et je/j'__________. Quand je/j'__________ de l'école, à dix-huit heures, le jour se recouchait déjà. Je/j'__________ attiré de nouveau par *Maïté Coiffure*. À la maison, je/j'__________ ma petite sœur au salon. Elle jouait à Barbie et regardait *Charmed* à la télévision. Je/j'__________ sur le tapis et je/j'__________ Raiponce. Je/j'__________ que les longs cheveux blonds faisaient des nœuds et je/j'__________ à les démêler.

C *Quelques jours après, Louis résume les évènements des derniers jours dans son journal intime. Mettez les verbes à la bonne forme du passé:* ***imparfait, passé compose*** *ou* ***plus-que-parfait****.*

Jeudi, Bonne-Maman __________ (prendre) rendez-vous avec Maïté.
Elle __________ (vouloir) me voir et j'__________ (être) très nerveux.
Quand nous __________ (entrer) dans le salon, Madame Maïté __________ (sourire) à Bonne-Maman, puis elle me / m'__________ (regarder) de haut en bas. Elle m'a demandé si j'__________ (avoir) une chemise blanche. Je __________ (porter) encore mon sweat taché[4] de Nutella. Lundi matin, je __________ (ne pas avoir) cours avant dix heures.
J'en __________ (profiter) pour regarder dans l'armoire de mon père.
J'__________ (essayer) une chemise blanche. Mardi, premier jour de mon stage.
Je __________ (arriver) trop tôt. Madame Maïté __________ (être) déjà là.
«C'est pour un rendez-vous?» Elle m'__________ (oublier)!

1 une pantoufle eine Pantoffel **2 un nœud** ein Knoten **3 démêler qc** etw entwirren **4 taché(e)** befleckt

Jeu de mots

4 Les sentiments (nach SB S.81, Nr.5)

A *Qu'est-ce qui va ensemble? Ecrivez les mots suivants aux **sentiments** cités dans le tableau.*

pleurer · râler · croire · nerveux(-euse) · se disputer · optimiste · furieux(-euse) · trembler · content(e) · gai(e) · déprimé(e) · adorer · crier · faire la tête · amoureux(-euse) · espérer · admirer · rire · déçu(e) · sourire · craindre · énervé(e) · timide · agressif(-ive) · pessimiste · joyeux(-euse)

Le bonheur	La colère	L'amour
La tristesse	L'espoir	La peur

B *Utilisez les expressions de A pour décrire les photos. Trouvez des raisons à ces sentiments, réactions ou situations.*

1

2

3

4

Ecouter

5 La grande bibliothèque (nach SB S. 81, Nr. 6)

→ En plus S. 85, Nr. 1 △

32

Avant l'écoute:
Regardez la photo à droite et faites des recherches sur Internet sur l'écrivain Azouz Begag. Ecrivez une courte biographie.

Azouz Begag

Pendant l'écoute:

A *Lisez les questions, puis écoutez le podcast. Ensuite, répondez aux questions.*

1. Quel est le sujet de l'interview? *(plusieurs réponses)*

☐ la culturethèque ☐ la lecture ☐ la Grande Bibliothèque de Paris ☐ les livres

2. L'auteur est un immigré. ☐ oui ☐ non

Correction: ______________________________

3. Où est-ce que l'auteur range ses livres?

☐ sous son lit ☐ dans sa bibliothèque ☐ dans sa cuisine ☐ dans sa cave
☐ sur son balcon ☐ dans son salon ☐ dans sa voiture ☐ dans son garage

4. L'auteur est le fils d'un médecin qui travaillait à l'hôpital de Lyon. ☐ vrai ☐ faux

Correction: ______________________________

____

5. Pour l'auteur, qu'est-ce que la lecture représente?

☐ un avantage ☐ un plaisir ☐ une thérapie
☐ une évasion ☐ un jeu ☐ une chance

6. Parmi ces livres, quel est le premier livre que l'auteur à lu?

☐ Huckleberry Finn ☐ Uncle Tom's train ☐ Uncle Tom's cabin

7. Qui est Jacques Ferrandez?

☐ un auteur de romans ☐ un poète algérien ☐ un auteur de BD

8. L'auteur préfère maintenant les livres numériques qu'on peut lire sur une tablette.

☐ vrai ☐ faux

Correction: ______________________________

B *Et vous? Parlez de votre bibliothèque, de vos livres, de vos lectures, de vos expériences, de votre relation à la lecture et aux livres dans un petit texte de 150 mots environs dans votre cahier.*

Médiation

6 Antje Babendererde: Indigosommer (nach SB S. 81, Nr. 6)

→ En plus S. 86, Nr. 2 △

Zum Geburtstag deines französischen Freundes/deiner französischen Freundin möchte seine/ihre Mutter ihm/ihr gerne ein deutsches Buch schenken und bittet dich um Rat. Du hast ein wenig recherchiert und die Beschreibung eines Buchs gefunden, das ihm/ihr gefallen könnte. Du schreibst der Mutter eine E-Mail, in der du den Inhalt und die Vorzüge des Romans zusammenfasst.

«Vom ersten Moment an spürte ich, dass der Ozean voller Geheimnisse war, die sich in seinen dunklen Tiefen verbargen. Der Pazifik sprach zu mir. Wer bist du, schien er zu fragen. „Smilla", flüsterte ich und hatte auf einmal den salzigen Geschmack von Tränen im Mund.»

Ein einsamer Strand am Pazifik, ein Ozean ohne Grenzen, ein Ort voller Magie. Das ist La Push für die Austauschschülerin Smilla, die gemeinsam mit ihren Freunden im Indianerreservat[1] ihr Camp aufschlägt. Doch warum begegnet Conrad, einer der Einheimischen, der Surferclique so feindselig? Was verbergen Alec und Josh, die schon im Jahr zuvor an diesem Strand gezeltet haben? Durch eine schicksalhafte Begegnung lernt Smilla den schwer durchschaubaren Conrad von einer ganz anderen Seite kennen und verliebt sich in ihn. Als das offensichtlich wird, kippt die Stimmung in der Clique schlagartig und Smilla muss erfahren, was letzten Sommer an diesem Strand geschehen ist.

Inhalt: Smilla, gerade fünfzehn, geht für ein Jahr nach Seattle, um dort die High School zu besuchen. Sie wird bei der Familie Turner leben, die sie noch aus deren Zeit in Berlin kennt. Mit ihren Gastgeschwistern Alec und Janice und deren Freunden verbringt sie drei Wochen in La Push, um zu surfen. Da sie die Jüngste in der Gruppe ist und das vierte Mädchen bei drei Jungen ist, fühlt sie sich wie das fünfte Rad am Wagen. Denn sowohl Brandee als auch Laura haben das Gefühl, dass sie auch ein Interesse an Alec bzw. Josh hat. Aber nicht nur das bereitet ihr Probleme, sondern auch das seltsame Verhalten der einheimischen Quileute[2], eines Indianerstamms. Vor allem von ein paar Jugendlichen werden sie und ihre Freunde kritisch beäugt und dann geschieht es, die beiden Autos von Josh und Alec werden beschädigt. Wieso geschieht so etwas und weshalb benimmt sich die Clique so eigenartig, als Smilla sich mehr für die Kultur der Einheimischen und auch für Conrad, einen jungen Indianer, zu interessieren beginnt?

Meinung: Antje Babendererdes „Indigosommer" ist ein sehr schön geschriebenes Jugendbuch, welches einiges an Konfliktpotential in sich hat. Sie schreibt sehr genau über Liebe, Vorurteile, Drogen und Hass. Diese Themen verknüpft sie mit wunderbaren Landschaftsbeschreibungen um eine Surferclique in La Push. Ihren Protagonisten gibt sie allen ein Gesicht und sie wachsen auch während des Buches. Dies merkt man vor allem an Conrad, der am Anfang noch von einem unbändigen Hass auf die Surferclique gequält wurde und sich im Laufe der Geschichte durch Smillas Feinfühligkeit ändert. Aber auch die anderen Charaktere sind gut durchdacht. Sei es die intrigante Brandee, die in Wahrheit einfach nur ein armes Geschöpf ist, oder Josh, der sich nicht gerade durch Intelligenz und Weisheit hervortut, oder der besonne Mark. Besonders gut hat mir die Darstellung von Smilla gefallen, die sich nichts aus den Vorurteilen ihrer Clique macht und versucht, Conrad und die indianische Kultur zu verstehen, auch wenn dies immer mehr zu Konflikten mit ihren Freunden führt, die voller Vorurteile sind. Ein wunderbares Jugendbuch, das mir sehr gut gefallen hat.

D'après BücherTreff.de, Daniliesing, 29.07.2009

1 **Indianerreservat** une réserve indienne 2 **Quileute un peuple** amérindien

eu de mots

7 Les mots d'une même famille (nach SB S.81, Nr.6)

A *Lisez d'abord le texte suivant.*

Métier: auteur(e)

Les **auteurs** travaillent dans des domaines divers. Cela va de l'écriture de romans, de pièces de théâtre, de sketchs en passant par l'écriture de poèmes, de paroles de chansons, de scénarios de films, de BD, de livres scolaires. L'**auteur** veut surtout être lu, vu ou entendu.

Quelles sont les tâches de l'auteur(e)?

- créer une œuvre;
- avoir des compétences rédactionnelles;
- maîtriser parfaitement la langue française;
- travailler son style d'écriture;
- aller à la recherche d'idées originales;
- tout faire pour être publié;
- rechercher des informations sur un sujet;
- maîtriser l'outil informatique;
- rester en contact avec les éditeurs, les maisons de disques;
- développer son réseau professionnel.

Souvent en relation avec les auteurs, les dessinateurs jouent un rôle de plus en plus important dans le monde de l'édition, sur papier ou pas. C'est à eux que l'on doit les visages des héros de BD, les caricatures ou encore de magnifiques paysages réels ou fantastiques. Et souvent, ils sont aussi auteurs, bien sûr.

B *Est-ce que vous connaissez des mots de la même famille que les mots soulignés? Ecrivez-les dans le tableau et ajoutez les prépositions exigées par les verbes. Pour vous aider, faites des recherches dans un dictionnaire en ligne.*

l'écriture ______________________

une chanson ______________________

lu ______________________

créer ______________________

travailler ______________________

français(e) ______________________

la recherche ______________________

original(e) ______________________

publier ______________________

l'information ______________________

professionnel ______________________

un dessinateur ______________________

Atelier B

En forme

8 Petit quiz sur les héros de BD (G 9) (nach SB S. 82, Nr. 1)

Trouvez la bonne forme de ***craindre*** *et* ***se plaindre*** *et complétez les phrases. Puis trouvez les noms des héros de BD qui vont avec la description et complétez le tableau. Les cases en jaune vous donnent le nom d'un auteur de BD à succès.*

1. Ce jeune homme travaille à la rédaction d'un journal et il aime créer des inventions folles. Mais il n'a pas son nom pour rien, parce qu'il n'arrête pas de faire des bêtises, des «gaffes». Quand ses collègues s'énervent, il dit: «De quoi est-ce que vous ______________________ ?»
2. Il _______________ que le ciel lui tombe sur la tête.
3. C'est un jeune journaliste qui fait le tour du monde avec son chien Milou et qui ne ________________ *(imparfait)* même pas de voyager sur la lune.
4. Ces petits bonhommes bleus sont toujours de bonne humeur, ils ne ______________________ jamais – sauf un: Grognon.
5. Ce sont deux héros qui ne ___________________ *(futur)* rien jamais les Romains.
6. *L'homme qui tire plus vite que son ombre* est un cowboy du Far West qui est ______________________ par les frères Dalton.
7. C'est un petit garçon qui adore jouer avec ses copains et qui est amoureux de Nadia. Il n'a qu'une grande mèche[1] blonde sur la tête. S'il savait que son dessinateur, Zep, lui a donné son nom parce qu'il avait une tête en forme d'œuf, il ______________________ sûrement!

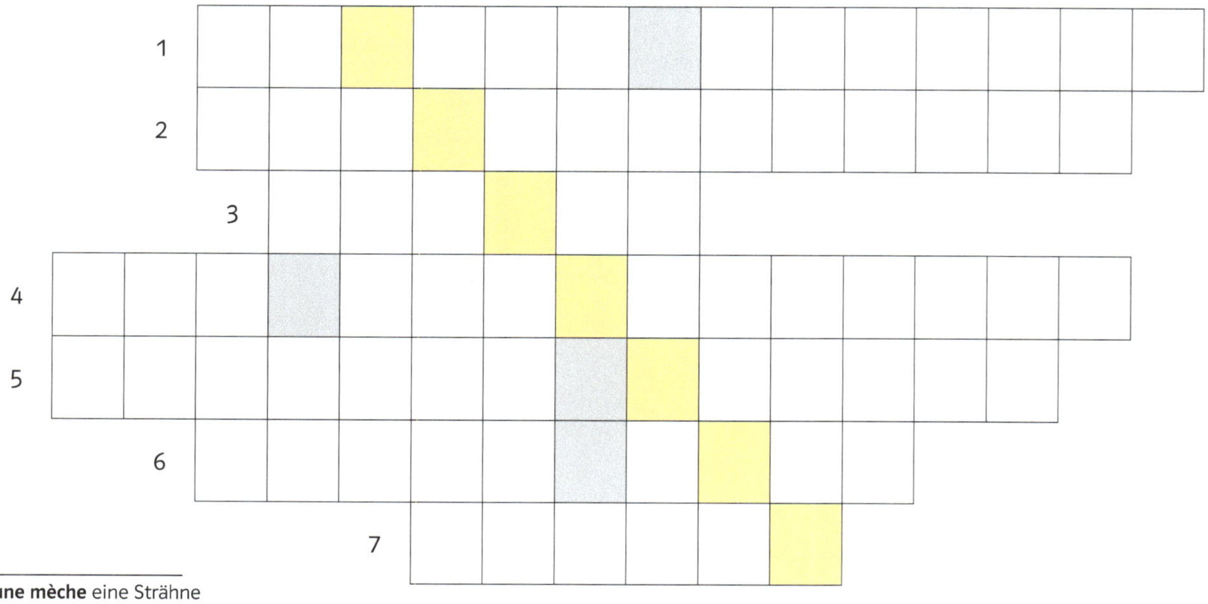

[1] **une mèche** eine Strähne

Ecouter/ Regarder

9 Comment construire une planche? (nach SB S. 83, Nr. 3)

→ En plus S. 87, Nr. 3 △

Visionnez le clip «Comment construire une planche» puis répondez aux questions, cochez les bonnes réponses et complétez les phrases.

1. Pour commencer une BD, Riad Sattouf dit qu'il fait
   ☐ deux traits. ☐ des traits. ☐ trois traits. ☐ du trait.
2. En fait, il dessine ____________________ bandes.
3. Une «tourne» est une image forte qui donne envie de savoir ______________________________________ ____________________________________. On trouve une «tourne» sur une page ____________________.
4. Riad Sattouf commence une planche et dessine …
   ☐ une maison. ☐ une porte. ☐ une fenêtre.
   ☐ un escalier. ☐ des meubles. ☐ un homme.
   ☐ un couloir. ☐ un visage étonné. ☐ une rencontre.
5. Le personnage de Sattouf dit qu'il fait chaud aujourd'hui. ☐ vrai ☐ faux
   Justification: ____
6. Pascal, le personnage, est stressé parce qu'il …
   ☐ va interviewer quelqu'un. ☐ va préparer une interview.
   ☐ va donner une interview. ☐ va suivre une interview.
7. Quand il prépare son scénario, Riad Sattouf fait des ____________________ et il compte le nombre de ____________________ qu'il va dessiner ensuite.
8. Dans son exemple, il prévoit *(= sieht vor)* en tout …
   ☐ trois pages. ☐ quatre pages.
   ☐ cinq pages. ☐ six pages.

Lire

10 A propos du texte (nach SB S. 86, Nr. 6)

A *Lisez la première planche de la BD de Riad Sattouf dans votre livre et répondez aux questions.*

1. Expliquez pourquoi la phrase: «En 1980, j'avais 2 ans et j'étais un homme parfait» est bizarre et même humoristique?

____

____

2. Selon Sattouf, quelles caractéristiques sont importantes pour être «parfait»?

☐ la longueur du nez ☐ la couleur des cheveux ☐ des yeux amusants

☐ une bouche de bébé ☐ des mains fraîches ☐ être poli

3. Décrivez comment les adultes réagissaient quand le petit Riad arrivait et pourquoi?

____

____

4. Imaginez ce que pensent Riad et la «parfaite inconnue» sur la cinquième vignette de la BD. Pour justifier vos idées, décrivez les personnages.

____

____

____

____

____

____

5. A la 6e vignette, Riad dit: «Je savais bien comment faire dans la vie.» Cela veut dire qu'il savait déjà …

☐ écouter les femmes. ☐ plaire aux femmes. ☐ craindre les femmes.

☐ suivre les conseils des femmes.

B *Lisez la deuxième planche de la BD de Riad Sattouf et répondez aux questions dans votre cahier.*

1. Résumez ce que vous apprenez sur la famille de Riad? Utilisez vos propres mots.

a) Le père b) La mère c) Les autres informations

2. A votre avis, que s'est-il passé après la dernière vignette?
Imaginez la suite du scénario en trois vignettes.

Parler

11 Petit dictionnaire du cinéma (nach SB S. 86, Nr. 5)

A *Quelle image va avec quelle description et quel effet? Mettez les bons chiffres et lettres dans le tableau.*

Description	Plan et perspective	Effet
1. On voit les personnages de la tête au pied ou de la tête à la taille.	**Le gros plan** 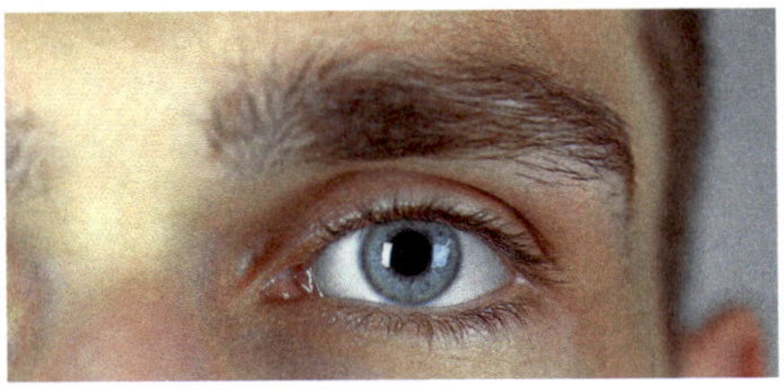	**a)** C'est le plan qui donne une vue générale de la situation. Il est souvent utilisé au début pour introduire l'histoire ou pour introduire un nouveau lieu.
2. Vue de très loin. Ce plan montre des personnages ou des lieux en entier.	**La contre-plongée** 	**b)** Cet angle de vue donne l'impression que le personnage ne peut plus contrôler la situation. Il permet donc de dramatiser une scène parce qu'il montre la fragilité[1] d'un personnage.
3. Vue du dessous: on voit la scène d'en dessous.	**Le plan d'ensemble** 	**c)** Cet angle de vue donne l'impression que le personnage est plus grand et domine la situation où il se trouve.
4. Le décor disparaît. Ce plan montre généralement le visage d'un personnage, mais aussi des détails de la scène.	**La plongée** 	**d)** Ce plan sert à raconter ce qui se passe: il permet de montrer les réactions des personnages, de mettre l'accent sur les dialogues et place le spectateur au cœur de l'action.
5. Vue du dessus: on voit la scène d'en dessus.	**Le plan moyen (Le plan américain)** 	**e)** Ce plan permet de montrer les émotions d'un personnage. Ainsi, le dessinateur peut toucher son public. Ce plan permet aussi d'attirer l'attention sur un détail important.

Le plan d'ensemble		Le plan moyen (le plan américain)		Le gros plan		La plongée		La contre-plongée	
______	______	______	______	______	______	______	______	______	______

1 **la fragilité** die Zerbrechlichkeit

Parler

12 Parler d'une BD (nach SB S. 86, Nr. 5)

Votre copain / votre copine et vous avez décidé de participer à un concours de BD. Avant de commencer avec la création de la BD, vous discutez pour trouver des idées. Travaillez à deux.
*Pliez la feuille au milieu et décidez qui prend le rôle **A** et le rôle **B**. **A** commence. Après, changez de rôle et rejouez la scène.*

A	B
1. Du erkundigst dich, ob dein Freund/deine Freundin Ideen für euren Comic hat und welchen Stil er/sie vorschlägt.	**1.** [Tu as des idées pour notre BD? Tu proposes quel style?]
2. [J'aime bien le style caricatural, mais je crains que ce soit trop difficile à réaliser.]	**2.** Dir gefällt der karikaturistische Stil gut, aber du befürchtest, dass es zu schwierig zu verwirklichen ist.
3. Du gibst deinem Freund/deiner Freundin recht. Du hättest Lust auf einen Krimi, er/sie nicht?	**3.** [Tu as raison. Moi, j'aurais envie de faire un polar. Pas toi?]
4. [Pourquoi pas? Un récit historique ou une biographie me plairaient aussi.]	**4.** Warum eigentlich nicht? Eine historische Erzählung oder eine Biographie würden dir auch gefallen.
5. Du stimmst zu, gibst aber zu bedenken, dass ihr dann auch verpflichtet wärt zu recherchieren, und dein Freund/deine Freundin wird sich beklagen, keine Zeit zu haben. Es ist also wohl besser, etwas Einfaches zu machen.	**5.** [D'accord, mais on sera obligé de faire des recherches et tu te plaindras de ne pas avoir le temps. Il vaut mieux faire quelque chose de simple.]
6. [D'accord. Alors, pour un polar, j'aime bien les dessins en noir et blanc. Qu'est-ce que tu en penses?]	**6.** Du bist einverstanden. Für einen Krimi gefallen dir Zeichnungen in schwarz-weiß. Du fragst deinen Freund/deine Freundin nach seiner/ihrer Meinung.
7. Du findest das zu traurig. Dir gefallen helle und lebendige Farben besser.	**7.** [Ah non, c'est trop triste. Moi, je préfère les couleurs claires et vives.]
8. [Comme tu veux, c'est toi le dessinateur / la dessinatrice. Tu as déjà une idée pour la première vignette? Tu vas utiliser le plan d'ensemble?]	**8.** Das überlässt du ihm/ihr. Schließlich ist er/sie der Zeichner/die Zeichnerin. Du möchtest wissen, ob er/sie schon eine Idee für die erste Vignette hat und ob er/sie die Totale verwenden wird.
9. Du sagst, dass alle so anfangen. Du stellst dir eher vor, mit einer Großaufnahme auf eure Hauptfigur anzufangen, die zu Tode erschreckt ist.	**9.** [Tout le monde commence comme ça. Moi, j'imagine commencer par un gros plan sur notre personnage principal qui est mort de peur.]
10. [Tu peux aussi le montrer en plongée. Mais je n'ai pas vraiment d'idée pour l'histoire. Si on allait d'abord à la médiathèque pour nous laisser inspirer?]	**10.** Du findest, dass man sie auch aus der Vogelperspektive zeigen kann. Aber für die Geschichte hast du eigentlich keine Idee. Du schlägst vor, erstmal in die Mediathek zu gehen, um euch Inspirationen zu holen.
11. Du sagst, dass es eine coole Idee ist und schlägst vor, euch danach in euren Comic zu stürzen.	**11.** [Quelle idée cool! Et après on va se lancer dans notre BD!]

Médiation

13 Leçons coloniales (nach SB S. 86)

Pour la journée de la francophonie, votre classe prépare une exposition. Pour les élèves qui n'apprennent pas le français, vous ajoutez des explications en allemand. Vous avez décidé de présenter la BD «Leçons coloniales» d'Azouz Begag et Djillali Defali. Transmettez le résumé et expliquez la planche de BD en allemand. Expliquez aussi les images.

Janvier 1945. Marie Delmas, jeune professeure, arrive de France en Algérie pour prendre son nouveau poste dans une école de Sétif. A cette époque, même pas un dixième des enfants algériens allaient à l'école. La France avait donc mis en place un plan de scolarisation qui disait que les enfants autochtones devaient aller en classe en même temps que les enfants des colons français. Mais Marie, qui a une forte ambition de réaliser le projet d'école mixte, rencontre des difficultés partout. Comme les parents d'élèves colons ne sont pas d'accord, leurs enfants doivent quitter la classe et les Algériens ne voient pas toujours l'importance de l'école. Azouz Begag, l'auteur de cette BD, s'est inspiré de la vie de ses propres parents nés à Sétif.

Pratique: tâches

Ecrire

Réaliser une BD en classe

→ Stratégie page 89.

MK

Vous avez envie de faire votre propre BD?
Alors, avec Yuio, qui a dessiné la première vignette, inventez une histoire.
Réalisez votre planche avec un logiciel (par exemple Storyboard.com).

Pas facile d'être un génie!

Bilan

→ Solutions: page 124.

1 Ecouter / Parler

Vous allez entendre un témoignage de Thomas Rueil, un jeune écrivain belge, sur son travail et l'écriture. Il va vous poser des questions auxquelles vous devrez répondre dans cet exercice.

33

Réponse 1 ______

Réponse 2 ______

Réponse 3 ______

Réponse 4 ______

2 Chasse aux fautes (nach SB S. 89, Nr. 3)

Célia et sa correspondante allemande Sarah écrivent des articles sur leur blog franco-allemand. Mais avant de publier les articles, Célia doit corriger les fautes de sa correspondante. Corrigez les passages soulignés.

J'adore la lecture et <u>m'échanger</u> des idées avec <u>des autres</u>. Ce sont les histoires de trahison <u>que me plaisent</u> le plus. <u>Au soir</u>, après l'école et les devoirs, je m'installe <u>comfortable</u> sur mon lit et je lis des <u>magasins de littérature</u>. Au début, <u>j'ai craigné</u> que cela <u>peut</u> m'ennuyer, mais pas du tout. Je commence par les coups de cœur des <u>lecteurs et lecteuses</u>, c'est toujours passionnant et <u>grâce à ils</u>, j'ai souvent fait <u>des beaux découvertes</u>, donc maintenant, <u>je fais confiance à eux</u>.
Les vacances approchent et vous cherchez encore un livre pour la plage? Alors, cliquez ici et <u>vous aller trouvé</u> le résumé de trois livres <u>magnfique</u> qui <u>vous ferez rêver</u>. Parfois, <u>vous vous plaindez</u> que la fin manque dans mes résumés. Mais c'est normal, il vaut mieux que <u>je n'en dit rien</u> <u>pour vous laissez</u> du suspense! La prochaine fois <u>je vas</u> vous présenter <u>le nouveau œuvre</u> de mon auteure préférée!

corrections:

______

3 Lire (nach SB S. 88, Nr. 2)

A *Lisez d'abord le texte.*

Festival de la BD d'Angoulême

Le Festival international de la bande dessinée d'Angoulême est le principal festival de BD francophone et l'un des plus connus en Europe. En fait, c'est le deuxième plus important d'Europe en ce qui concerne le taux de participation après le Salon international des bandes dessinées de Lucques, en Italie. Connu sous le simple nom de Festival d'Angoulême, il a été créé en 1974 et se tient depuis lors chaque année au mois de janvier. Pendant plusieurs jours, il accueille expositions, conférences, débats et de nombreuses dédicaces en présence des auteurs. Parmi les prix décernés chaque année, le Grand prix et le Fauve d'or sont les plus connus. Depuis 1974, le Grand prix de la ville d'Angoulême récompense un auteur pour l'ensemble de son œuvre. Parmi les primés: Reiser, Franquin, Moebius, Claire Bretécher, Willem, Wolinski, Hermann ou le Japonais Katsuhiro Ōtomo. Depuis 1976, le Fauve d'or est attribué à un album paru l'année d'avant. Parmi les lauréats, on trouve Gotlib, Hugo Pratt, François Schuitten et Benoît Peteers, Milo Manara, Art Spiegelman, Bill Watterson, Manu Larcenet, Marjane Satrapi ou encore Riad Sattouf.

B *Cochez la bonne réponse ou écrivez l'information demandée.*

1. Le festival d'Angoulême est …

☐ le plus grand festival international de BD d'Europe. ☐ le plus grand festival de BD francophone.
☐ le festival de BD le plus connu en Europe. ☐ le seul festival de BD francophone.

2. Dans quel autre pays d'Europe est-ce qu'il y a également un festival de BD? ______________________

3. Le festival d'Angoulême existe depuis __________.

4. Il a lieu ☐ au printemps. ☐ en été. ☐ en automne. ☐ en hiver.

5. Il se déroule sur un week-end. ☐ vrai ☐ faux

Correction: ____

6. Pendant le festival d'Angoulême, les auteurs ne font qu'exposer leurs BD. ☐ vrai ☐ faux

Correction: ____

7. Quel prix reconnaît quoi? Mettez la bonne lettre.

a) le Grand prix de la ville d'Angoulême

b) le Fauve d'or

__________ le premier album d'un auteur
__________ une BD de l'année dernière
__________ une BD de jeunesse
__________ toutes les BD d'un auteur
__________ une BD d'une auteure

8. Chaque année, on remet un prix au festival d'Angoulême. ☐ vrai ☐ faux

Correction: ____

9. Il faut être français ou française pour gagner un prix au Festival d'Angoulême. ☐ vrai ☐ faux

Correction: ____

10. Et vous? Connaissez-vous des prix de BD en Allemagne?
Faites des recherches sur Internet et écrivez dans votre cahier.

En plus: différenciation

Ecouter

1 Rendez-vous littéraire

34 *Dans son podcast de cette semaine, Aurélie vous parle du dernier roman de Thomas Rueil. Ecoutez le texte deux fois puis répondez aux questions.*

1. Le nouveau livre de Thomas Rueil s'appelle ______

2. Le roman a …

☐ 132 pages. ☐ 142 pages. ☐ 242 pages. ☐ 332 pages.

3. On lit ce roman très vite ______

et on ne la ______ plus.

4. L'histoire se passe en 3035. ☐ vrai ☐ faux

Correction: ______

5. Aurélie aime les descriptions de … *(3 bonnes solutions)*

☐

☐

☐

☐

☐

☐

7. Qui est Amarielle?

______

______

8. Qu'est-ce qui caractérise les personnages du roman?

Trois sentiments: ______

Autre chose: ______

9. Aurélie a aimé les sentiments décrits dans le roman, mais elle a eu aussi …

☐ envie d'écrire. ☐ des moments de peur. ☐ besoin de lire autre chose.

☐ une idée pour son podcast.

10. Finalement, qu'est-ce qu'elle a préféré dans ce livre?

______

Médiation

2 Prix des lycéens allemand …

A *Vous avez annoncé à votre copain français / à votre copine française que votre classe participerait cette année au Prix des lycéens allemands. Comme il / elle ne connaît pas du tout ce projet, vous lui envoyez un e-mail où vous lui expliquez tout: qu'est-ce que c'est le Prix des lycéens allemands? A qui s'adresse-t-il? Comment se déroule-t-il? Pourquoi est-il intéressant d'y participer?*

PRIX DES LYCÉENS ALLEMANDS

Ein wichtiges Literaturprojekt für die deutsch-französische Freundschaft

Der *Prix des lycéens allemands*, ein Wettbewerb nach dem Prinzip des französischen *Prix Goncourt des lycéens*, ist eine Initiative des Institut français Deutschland und des Ernst Klett Sprachen Verlags mit der Unterstützung der Vereinigung der Französischlehrerinnen und -lehrer e.V. (VdF).
Seit 2004, dem ersten Jahr seiner Durchführung, hat der *Prix des lycéens allemands* tausenden von Schülerinnen und Schülern eine Begegnung mit französischen Jugendbuchautoren ermöglicht und ihnen ein Forum gegeben, in dem sie auf Französisch ihre Leseeindrücke teilen und sich so für ihr Lieblingsbuch entscheiden konnten. Das jährliche Zusammentreffen auf der Leipziger Buchmesse bildet den Höhepunkt des Literaturprojekts, in dem Schülerinnen und Schüler aus allen 16 Bundesländern intensive Begegnungen mit Originaljugendliteratur und Autoren haben. Nach 15 Jahren hat sich der renommierte *Prix des lycéens allemands* neu erfunden. Er erstreckt sich nun über zwei Jahre: Schüler-Debatten und Jurytagungen im ersten Jahr; kreative Aktionen rund um den Gewinnerroman, Autorentournee und Preisverleihung im zweiten Jahr.

Die Auswahl der drei Originaljugendromane für den Wettbewerb wird jeweils im März bekanntgegeben.
Teilnahmemodalitäten: Das Projekt richtet sich nach wie vor an Schülerinnen und Schüler der **Sekundarstufe II** mit einem Französisch-Niveau von mindestens B2 für das erste Jahr und B1 für das zweite Jahr.
Von **September bis Februar:** Die drei ausgewählten Werke werden im Unterricht behandelt, ein Vertreter oder eine Vertreterin aus der Klasse wird für die **Landesjury** ausgewählt.

Autorenbegegnungen mit Schülerinnen und Schülern finden online statt – in Form eines Webinars.
Die Einladungen erhalten die Lehrkräfte vom Institut français.
Die Schülerinnen und Schüler sind während der **kreativen Schaffensphase** eingeladen, ihre persönlichen Leseeindrücke in Form von Audio- und Videoproduktionen in den sozialen Netzwerken zu teilen.

Februar: Die Landesjurys finden in den jeweiligen Bundesländern statt. Die gewählten Vertreterinnen und Vertreter der teilnehmenden Schulen **debattieren** dort **auf Französisch** über ihre Lieblingswerke.

März: die finale Bundesjury kommt **auf der Leipziger Buchmesse** zusammen. Die Schülerinnen und Schüler debattieren auf Französisch öffentlich und in Anwesenheit der französischen Botschafterin oder des französischen Botschafters. **Vor Ort küren sie ihren Gewinnerroman.** Die Autorin oder der Autor des prämierten Romans erhält ein **Preisgeld in Höhe von 5.000 EUR**, das vom Verlag Ernst Klett Sprachen gestiftet wird. Der Preisträger/die Preisträgerin geht mit dem Gewinnerroman während des **folgenden Schuljahrs auf Tournee**. So beschäftigen sich weiterhin in jedem Jahr Schülerinnen und Schüler mit französischer Jugendliteratur und können durch ihre kreative Beteiligung einen Autorenbesuch direkt an ihrer Schule gewinnen.

B *Visitez le site de l'Institut français en Allemagne et lisez les informations sur le Prix des lycéens allemands.*

Ecrire

3 Les onomatopées[1]

A *Lisez et répétez les onomatopées. Faites des recherches sur Internet puis écrivez les traductions en allemand.*

Aie!	______	Glou glou	______	Ratatata!	______
Atchoum!	______	Ha, ha!	______	Snif!	______
Baff!	______	Krash!	______	Splatsh!	______
Badaboum!	______	Miam!	______	Tadam!	______
Beurk!	______	Miaou!	______	Tagada	______
Bip!	______	Ouaf!	______	Taratata	______
Bla bla bla!	______	Ouf!	______	Tchou-tchou	______
Bof!	______	Oups!	______	Teuf-teuf!	______
Chlac!	______	Paf!	______	Toc toc!	______
Clic!	______	Plouf!	______	Tut tut!	______
Dring!	______	Pouêt!	______	Vroom!	______
Flap flap!	______	Prout!	______	Waouh!	______
Gla gla	______	Pschitt!	______	Zip!	______

B *Remplissez les bulles. Ajoutez des onomatopées et écrivez un petit dialogue sous le dessin.*

A

______

______

______

B

______

______

______

1 une onomatopée eine Lautmalerei

Que sais-je? – Communiquer en français (nach Unités 3 – 4)

Parler

Selbsteinschätzung: *Hier kannst du feststellen, wie fit du bist. Teste dich mit den folgenden Übungen (Lösungen auf S. 125). Kreuze dann an, wie deine Ampel steht (linke Ampel).*
Zeigt deine Ampel Rot, kannst du die zusätzlichen Übungen in der Übungssoftware durchnehmen.

Partnereinschätzung: *Ihr könnt euch auch gegenseitig einschätzen (rechte Ampel).*

Parler

1 Les Jeux olympiques d'hiver (⟶ page 4, ex. 1)

Vous connaissez déjà grâce à Découvertes 2, Unité 3 les Jeux olympiques d'hiver de Grenoble.

A *Regardez d'abord les résultats des Jeux olympiques d'hiver de 1968 pour les 10 premiers pays du classement. Ensuite, lisez les annotations qui peuvent vous aider.*

Place	Pays	or	argent	bronze	total
1	Norvège	6	6	2	**14**
2	URSS	5	5	3	**13**
3	France	4	3	2	**9**
4	Italie	4	0	0	**4**
5	Autriche	3	4	4	**11**
6	Pays-Bas	3	3	3	**9**
7	Suède	3	2	3	**8**
8	R.F.A	2	2	3	**7**
9	Etats-Unis	1	4	1	**6**
10	R.D.A	1	2	2	**5**

Annotations:
une médaille eine Medaille
une médaille d'or eine Goldmedaille
une médaille d'argent eine Silbermedaille
une médaille de bronze eine Bronzemedaille
l'URSS = die Sowjetunion
les Pays-Bas = die Niederlande
la R.F.A = die BRD
la R.D.A = die DDR

B *Jouez des petites scènes à deux. La personne* ***A*** *est votre correspondant(e) français(e). Décidez qui prend le rôle* ***A*** *et le rôle* ***B****. Personne* ***A*** *commence.*

Personne A

- ne s'intéresse pas trop au sport.
- n'est pas très sportif(-ive).
- habite à Paris.
- ne connait pas les Jeux olympiques de 1968.
- ne connait pas l'histoire de l'Allemagne.
- n'a jamais entendu parler de la RDA

Personne B

- s'intéresse au sport.
- pratique des sports d'hiver en Bavière et en Autriche.
- est très sportif(-ive).
- ses parents sont nés en RDA mais habitent maintenant en Bavière.
- a trouvé les résultats des Jeux olympiques de 1968 et en parle avec **A**.

Ich kann **über die olympischen Winterspiele in Grenoble sprechen.**

Ecrire

2 Ecrire un scénario de BD

A *Lisez d'abord la stratégie.*

STRATEGIE

La BD, c'est un peu comme de la littérature en 2 dimensions: le texte et l'image. Avant de commencer à dessiner, il faut donc écrire un **scénario**, une histoire. Pour cela, il faut suivre ces étapes:

1. **Choisir une idée:** une histoire d'amour / d'amitié, les vacances, les loisirs, un drame, un accident, …
2. **Trouver les moments-clés d'une histoire linéaire:** un titre, un début, un milieu, une surprise, une fin avec une chute (Pointe).

Ensuite, créer le visuel:

1. Découper la page et créer des **cases** pour les moments-clés.
2. Ensuite, dessiner rapidement des **vignettes** dans chaque case.
3. Montrer votre page à **un lecteur / une lectrice test.** (Corriger si nécessaire.)
4. Enfin, mettre la **couleur**.

B *A vous! Réalisez maintenant une planche de BD d'après votre choix de scénario.*

Titre:

Ich kann das Drehbuch für eine BD **schreiben**.

3 Plaisir de regarder: La BD, c'est passionnant!

V3
36

A *Regardez la première partie de la vidéo. Puis répondez aux questions.*

1. Où se passe la première partie de la vidéo?

Chez Angèle et ______________________________

2. Angèle est une fan de … *(plusieurs possibilités)*

☐ les Schtroumpfs. ☐ Astérix. ☐ Tintin.

3. Quel est le pourcentage des enfants qui lisent des BD en France?

____

B *Regardez maintenant la deuxième partie de la vidéo et répondez aux questions de détail.*

1. Dans la deuxième partie, il s'agit d'un reportage chez une ______________ .

2. Elle habite ______________ .

3. La dessinatrice s'appelle comment? *(plusieurs possibilités)*

☐ Bambou ☐ Tabou ☐ Mamboou ☐ Audrey

4. La dessinatrice fait ______________ dessins par jour.

5. La dessinatrice travaille … *(plusieurs possibilités)*

☐ dans une école. ☐ dans une maison d'édition. ☐ à la maison.

☐ pour une maison d'édition[1]. ☐ dans son bureau.

6. La dessinatrice fait des dessins pour ______________ scolaires et ______________ .

7. Dans les BD, la dessinatrice ne fait que les dessins. ☐ vrai ☐ faux

Correction: ______________________________

8. Quels sont les objets que la dessinatrice utilise aussi pour dessiner? *(Cochez!)*

☐

☐

☐

☐

☐

C *Regardez la vidéo encore une fois et comparez vos réponses avec votre voisin / votre voisine. Et vous? Vous aimez faire des dessins? Pourquoi (pas)?*

---

1 **une maison d'édition** ein Verlag

Un peu d'entraînement

→ Lösungen findest du auf S. 126.

Parler

1 Décrire une image (nach SB S. 100, Nr. 1)

A *Dans cette unité, vous allez décrire des photos, par exemple pour une exposition, un voyage, un album, etc. Révisez d'abord les mots et expressions utiles pour décrire une image.*

ON DIT

Composition de l'image:
Au premier plan / Au second plan / A l'arrière-plan, …
Au centre / à droite / à gauche; en haut / en bas
Devant / derrière …; sur / sous …; à côté de / près de …
on voit / se trouve / on remarque / il y a …

Type d'image, thème général	Sur la photo / le dessin / l'affiche / le tableau, il y a / on voit … La photo montre / représente … ; il s'agit de / d'…
Où? Quand? La scène se passe / a lieu / se déroule / C'est …	à la montagne / à la campagne / à la mer dans une ville / dans la rue / dans une pièce (cuisine, etc.) dans un jardin / dans un parc … au restaurant / à la gare / à Paris … à une fête d'anniversaire / pendant les vacances (de Noël, d'été, …) / à Noël au printemps, en été, en automne, en hiver le matin, l'après-midi, le soir, la nuit, le week-end, …
Qui fait quoi? Pourquoi?	1. *Décrivez les personnages:* Combien? Relation entre eux? (âge, vêtements, style, caractère, sentiments, …) 2. *Décrivez leurs activités:* Qu'est-ce qu'ils font? Pourquoi?
Histoire avant / après? Ton avis? Message?	*Qu'est-ce qu'ils ont fait avant? Qu'est-ce qu'ils feront après? De quoi rêvent-ils?* J'imagine que … / Je pense que … / J'ai l'impression que … / A mon avis, … Le photographe / Le dessinateur se moque de … / critique …

B *Formez des groupes de 2 à 4 élèves, puis décrivez les photos ci-dessous.*

1

2

C *A l'aide des photos ci-dessus, devinez le thème de la prochaine unité.*

Géographie

2 Destination l'Afrique du Nord (nach SB S. 96–97)

A *Connaissez-vous bien le nord-ouest de l'Afrique? Complétez la carte avec les noms ci-dessous. Faites des recherches sur* ***Internet*** *avant.*

Pays: Le Maroc, l'Algérie (f.), la Libye, la Mauritanie, la Tunisie, le Sahara occidental
Enclaves espagnoles: Ceuta, Melilla
Villes: Agadir, Alger, Casablanca, Nouakchott, Ouarzazate, Rabat, Tripoli, Tunis
Autres informations géographiques: les montagnes de l'Atlas, le Sahara, le détroit de Gibraltar, la Mer Méditerranée, l'Océan Atlantique, les îles Canaries (Espagne), Madère (Portugal)

Vis-à-vis

Le saviez-vous?
Le Maroc est situé juste en face de l'Europe et a même une frontière directe avec un pays européen: l'Espagne. Pourquoi? Deux villes autonomes espagnoles, les ***enclaves***[1] *de Ceuta et de Melilla, se trouvent sur la côte nord du continent africain.*

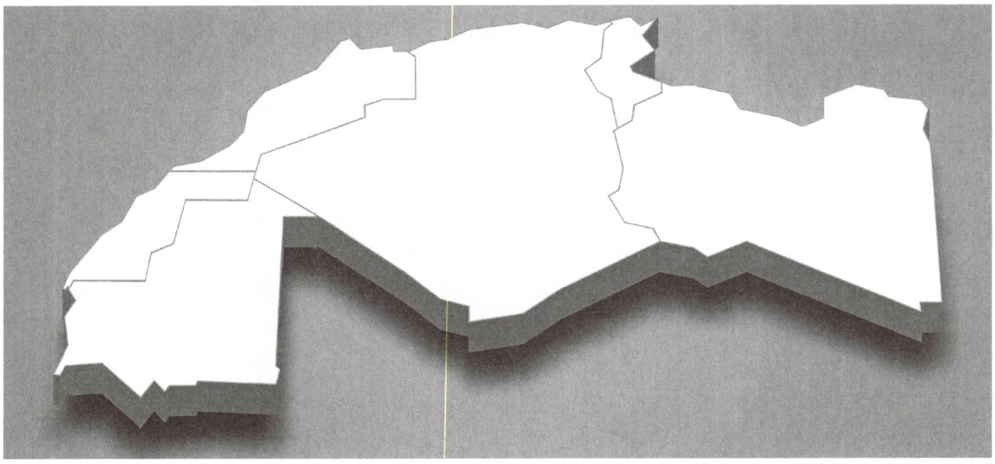

B *Préparez un monologue minute sur la géographie du Maroc. Utilisez les informations de A.*

Jeu de mots / Ecouter

3 Faisons un peu d'arabe! (nach SB S. 96–97)

45

Avant d'aller à Marrakech, Julien veut apprendre un peu d'arabe. C'est pourquoi il demande des conseils à son camarade de classe Jamal qui vient du Maroc.
Lisez les mots ci-dessous, puis écoutez le dialogue et écrivez la traduction en arabe ci-dessous[2].

Bsslama | Choukran (bezaf) | Ismiyti | La | Labass | Labass hamdoullah | La choukran | Ma Fhamtch | Msal'khir | Salam Alekum | Smahli | naeam

🇫🇷	🇲🇦	🇫🇷	🇲🇦
Bonjour!	______	Au revoir!	______
Bonsoir!	______	Très bien, merci.	______
Comment allez-vous?	______	Non merci.	______
Merci (beaucoup).	______	Oui. / Non.	______
Je m'appelle …	______	Pardon.	______
Je ne comprends pas.	______		

1 une enclave eine Enklave *(ein fremdstaatliches Gebiet im eigenen Staatsgebiet)* **2** Les élèves qui parlent et écrivent la langue arabe peuvent aussi écrire en arabe.

Unité 5
Destination le Maroc

Découvertes

Lire **1** **A propos du texte** (nach SB S. 99, Nr. 3)

1. Qui suis-je? *Trouvez le mot qui correspond à la définition.*

a) Je viens d'obtenir un diplôme à l'université: ________	b) Je suis la religion du Maroc: ________	c) Je suis un plat typiquement marocain aux légumes, à la viande ou aux fruits: ________
h) Je suis un des premiers habitants du Maroc: ________		d) Je suis la langue la plus parlée au Maroc: ________
g) Je viens le vendredi, avant de partager le couscous: ________	f) Les enfants entrent chez moi à 6 ans: ________	e) J'ai quitté mon pays pour aller en Europe: ________

2. *Relisez le texte dans votre livre p. 98–99, puis complétez les propos d'Ibrahim avec les bons mots.*

Ibrahim raconte: «Au Maroc, je travaillais dans le ________ automobile et ne gagnais pas beaucoup d'argent. A 25 ans, je voulais gagner mon ________ financière, alors j'ai décidé de quitter mon pays pour obtenir un salaire plus ________ en Europe. C'était facile pour moi parce que la France a des liens ________ avec le Maroc. Mais habiter en France a ________ ma vie quotidienne, j'ai pris des habitudes ________.
Ça, en ________, ça n'a pas plu à mes parents.
Eux, ils habitent depuis toujours à la campagne. Comme un Marocain ________ deux, ils sont touchés par l'________ car ils ne savent ni lire ni écrire. Ils vivent en général de l'________ : ils font pousser des fruits et des légumes dans leurs champs. Ils adorent aussi le poisson, mon père va souvent à ________. Heureusement, ils savent très bien faire la ________ traditionnelle. Alors, quand je rentre au «________», en été, on fait d'immenses fêtes de famille. Et je remarque chaque fois que le nombre d'enfants dans la famille a ________ ! C'est très sympa et on s'amuse bien!

Atelier A

Lire

2 A propos du texte (nach SB S. 101, Nr. 3)

Relisez les pages 100 et 101 de votre livre, puis faites les tâches.

A *Trouvez le bon titre pour chacun des six paragraphes du texte. Attention, il y a un titre en trop!*

Des souvenirs d'enfance
Les conteurs au XXIe siècle
Une date historique
Les histoires traditionnelles
Les conteurs et leurs histoires
Un ancien endroit plein de traditions
L'art de conter

1. (l. 1–7) ____________
2. (l. 8–12) ____________
3. (l. 13–26) ____________
4. (l. 44–45) ____________
5. (l. 45–48) ____________
6. (l. 49–58) ____________

B *Qu'apprend-on sur la place Jemaa el-Fna? Complétez les phrases avec vos propres mots si possible.*

1. La place Jemaa el-Fna est l'endroit ____________
2. Pour tous les habitants de la ville, mais aussi pour les gens qui viennent d'ailleurs, cette place est ____________
3. Les bruits de voix sur la place Jemaa el-Fna ne surprennent personne car on peut y voir et entendre ____________
4. C'est aussi la présence de ce théâtre de rue à travers les siècles qui a rendu cette place si ____________: c'est un des principaux ____________ de Marrakech.
5. C'est pourquoi, en 2001, la place a été déclarée ____________

C *Les conteurs (C) ou les spectateurs (S): de qui parle-t-on? Lisez les phrases et notez la bonne lettre: C ou S. Attention, une phrase va avec les deux.*

1. ________ Ils adorent qu'on parle du Maroc, de l'actualité et des problèmes de société.
2. ________ Ils peuvent parler de leurs problèmes de la vie quotidienne.
3. ________ Ils aiment toujours les contes de Jeha.
4. ________ Ils connaissent les histoires de leurs parents et de leurs grands-parents.
5. ________ Ils créent des nouveaux mots.
6. ________ Ils s'amusent parfois des passants.
7. ________ Ils préfèrent ne pas finir les histoires et les raconter en plusieurs fois.
8. ________ Ils reviennent sur la place pour connaître la fin d'une histoire.
9. ________ Ils sont des habitants de Marrakech, des commerçants et des touristes.
10. ________ Il n'y en a plus beaucoup sur la place Jemaa el-Fna.

En forme

3 Les souks, on les a adorés! (G 10) (nach SB S. 103, Nr. 7)

Charlotte est en vacances à Marrakech. Chaque jour, elle téléphone à sa mère qui connaît très bien cette ville et qui veut tout savoir.

A *Voilà un message de Charlotte. Soulignez les **objets directs** et complétez le texte avec la forme correcte du **participe passé** de ces verbes:* **faire, montrer, proposer, regarder, voir.**

1. «Bonjour maman! Aujourd'hui, notre groupe va faire la visite guidée à pied **qu**'on nous a ___ hier. **2.** On va découvrir les souks immenses de Marrakech **que** tu as déjà ___. **3.** Je pense toujours aux belles photos **que** tu m'as ___. **4.** Je suis impatiente de faire aussi toutes ces expériences **que** tu as ___ à Marrakech. **5.** Et j'espère que je vais pouvoir acheter des bijoux comme les beaux bijoux **qu**'on a ___ sur Internet.»

B *La mère de Charlotte lui pose des questions au téléphone. Complétez ses réponses avec le bon **pronom objet direct** et la bonne forme **du verbe au passé composé**. Attention à l'accord du participe passé!*

Mère: Vous avez déjà visité **les souks de Marrakech**?

Charlotte: Mais oui! Nous les avons ___ aujourd'hui. Ils se trouvent dans le centre historique de la ville qui s'appelle **la Médina** et qu'il faut absolument découvrir! Tu ___ aussi pendant ton séjour à Marrakech?

Mère: Bien sûr! C'est mon endroit préféré! Votre guide vous a raconté **l'histoire des souks?**

Charlotte: Ne t'inquiète pas, il nous ___ longuement. Et il nous a dit qu'il y en avait dix-huit!

Mère: Oui, c'est vrai. Tu as aussi goûté **les bons gâteaux au miel** qu'on vend dans les souks?

Charlotte: Oui, je ___.
Ils sont vraiment délicieux!

Mère: Tu sais que j'adore les épices orientales!

Charlotte: Oui, pas de souci maman, **tes épices préférées**, je ___ dans le souk Attatine pour toi.

Mère: C'est gentil! Merci, ma puce!

C *Charlotte écrit un message à sa mère. Mettez les verbes entre parenthèses à la bonne forme **du passé composé**. Attention à **l'accord du participe passé**!*

1. Salut maman! Le voilà, mon SMS, comme je te l'___ (promettre). **2.** Cette idée que tu ___ (avoir), elle était géniale! **3.** Ecrire des cartes postales, c'est une chose que je ___ (ne jamais faire)! **4.** Je pouvais parler de toutes mes expériences au Maroc: des souks qu'on ___ (adorer) et des histoires traditionnelles qu'on ___ (entendre). **5.** Toutes les cartes postales, je les ___ (écrire) hier et quand je les ___ (mettre) à la poste, j'ai vu le problème: ta carte postale, je l'___ (oublier)! **6.** Je suis désolée, maman! Mais ne sois pas triste, je vais t'envoyer toutes les photos que j'___ (prendre)!

Ecouter

4 Un conte et un film: Ali Baba et les 40 voleurs (nach SB S. 104)

46

A Marrakech, un enfant discute avec sa grand-mère, une conteuse qui adore les contes de la Perse[1]. Ecoutez le document sonore, puis complétez et cochez la / les bonne / s réponse / s.

A Avant l'écoute: *Quels contes connaissez-vous? Est-ce que vos grands-parents vous en ont raconté?*

B Pendant l'écoute:

1. La grand-mère propose à l'enfant de
   ☐ jouer dans un film. ☐ regarder un film.
   ☐ découvrir un lieu où on tourne des films.
2. Fernandel a joué le rôle d'Ali Baba en
   ☐ 1945. ☐ 1954. ☐ 1964. ☐ 1975.
3. La conteuse habite à ☐ 10 km ☐ 20 km ☐ 100 km ☐ 200 km de Ouarzazate.
4. Les parents de la grand-mère étaient ☐ acteurs. ☐ conteurs. ☐ chanteurs. ☐ réalisateurs.
5. Que sait-on sur les deux frères? Cassim était ______________________.
   Ali Baba était ______________________.
6. Les mots magiques pour entrer et sortir de la grotte sont:
   «Sésame, ______________!» et «Sésame, ______________!».
7. «Alors Ali Baba sortit de sa cachette et s'avança vers la montagne. Il dit les mots magiques et la porte ______________. Quand il entra dans la grotte, il n'en ______________ pas ses yeux! Tout brillait, la grotte était ______________ d'or! Il venait de découvrir un véritable ______________!»
8. «Le chef réfléchit à un ______________: il allait raconter à Ali Baba qu'il était un ______________. Il avait acheté des ______________ qui servent au transport de l'huile. Ses hommes devaient en sortir pendant la nuit et ______________ Ali Baba par surprise.
9. Qui a été tué dans l'histoire?
   ☐ Cassim ☐ Ali Baba ☐ des voleurs ☐ une dame ☐ un marchand d'huile
10. Avec quoi la danseuse a tué la personne importante? Avec ______________________.
11. La fin du conte est ☐ ☺ ☐ 😐 ☐ ☹ parce que la danseuse devient …
    ____.
12. La grand-mère dit: «N'oublie pas qu'Ali Baba n'aimait pas la ______________, les gens ______________ et les gens qui ne pensent pas ______________.»

C Après l'écoute:

1. *Aimeriez-vous voir le film d'Ali Baba? Pourquoi (pas)?*
2. *Aimeriez-vous visiter des studios de cinéma? Pourquoi (pas)?*

---

1 **la Perse** Persien

Médiation / Parler

5 Marokkos Sonderweg (nach SB S. 104)

En cours de français, vous avez parlé du Maroc et votre professeur(e) de français vous a demandé de préparer un petit exposé en français sur le roi du Maroc. Sur Internet, vous avez trouvé deux articles intéressants sur Mohammed VI. Lisez-les et faites son portrait. La liste des mots ci-dessous va vous aider.

ein ehemaliger Abgeordneter un ancien député – **die Covid-19-Pandemie** la pandémie de coronavirus – **der Islam** l'islam *(m.)* – **ein/e Muslim/in** un/e musulman/e – **eine Moschee** une mosquée – **das islamische Opferfest** la fête du sacrifice – **opfern** sacrifier – **ein Schaf** un mouton – **der Prophet Mohammed** le prophète Mahomet – **ein direkter Nachfolger** un descendant direct – **die Toleranz** la tolérance – **ein Sicherheitsdienst** un service de sécurité – **eine Reform** une réforme – **ein Imam** un imam *(Gelehrter des Islams)*

König Mohammed VI. – „Persönlichkeit des Jahres 2021"

Der ehemalige französische Abgeordnete Julien Dray hat gesprochen. Als er zu seinem persönlichen Favoriten, bei der Wahl zur Persönlichkeit des Jahres 2021 befragt wurde, stand seine Wahl schnell fest: Er nominierte den amtierenden König Marokkos, Mohammed VI. „Ich habe eine Persönlichkeit gewählt, über die man nicht spricht und die außergewöhnliche Dinge erreicht hat: Es ist der König von Marokko Mohammed VI. Ich weiß, dass ich Sie überrasche, aber ihm ist es gelungen, demokratische Wahlen abzuhalten, er hat gegen den Willen aller Länder um ihn herum Frieden mit Israel geschlossen und Marokko hat die Covid-19-Pandemie sehr gut und auf solidarische Art und Weise in den Griff bekommen." Laut Dray handele es sich bei Mohammed VI. um einen König, der eine positive Rolle für sein Land gespielt habe. Marokko hat tatsächlich nicht nur das eigene Land mit ausreichend Material zur Bekämpfung der Pandemie ausgestattet, sondern mit Weitblick und Besonnenheit gehandelt und auch anderen afrikanischen Ländern geholfen. So sei auch seine Wahl alles andere als überraschend, meint Julien Dray.

Marokkos Sonderweg – Zwischen Königtum und Religion

Glaubt man den Werbeplakaten in Marokkos Hauptstadt Rabat, so ist er „der beste König der Welt". Doch nicht nur das. Der amtierende Monarch Mohammed VI. gibt nicht nur in politischen Fragen seit 20 Jahren den Ton an, er ist auch in Sachen Religion die höchste Instanz im Land.

Das wichtigste religiöse Ereignis des Jahres für alle gläubigen Muslime ist das islamische Opferfest. Alljährlich muss König Mohammed VI. höchstpersönlich zum Messer greifen, um ein Schaf zu opfern – der eigentliche Beginn des Opferfests im ganzen Land, der live im Fernsehen übertragen wird.
Dieses Ritual macht unmissverständlich klar, welche Rolle der König innehat: Er ist nicht nur politischer Anführer, sondern auch religiöses Oberhaupt. Wie kann das sein? Mohammed VI. entstammt der Dynastie der Alawiten, die für sich beansprucht, unmittelbar vom Propheten Mohammed abzustammen. So lässt es sich Mohammed VI. auch nicht nehmen, sein Volk an seinen Ansichten in religiösen Fragen teilhaben zu lassen und von seiner religiösen Autorität Gebrauch zu machen. Er bezog auch klar Stellung gegen Dschihadisten und Terroristen und forderte Muslime, Christen und Juden dazu auf, eine gemeinsame Front zu bilden, um allen Formen von Fanatismus, Hass und Abschottung entgegenzutreten. Ein klares Zeichen für Toleranz und Frieden.
Und für diesen Islam nach marokkanischem Vorbild setzt er sich als Staatschef und Oberhaupt der Gläubigen in seinem Land ein. So gründete er eine Schule für Imame, die marokkanischen und hunderten Studenten aus anderen Ländern offensteht. Diese kostenfreie Ausbildung der religiösen Oberhäupter des Islams im Sinne der Toleranz und der Offenheit für den Austausch und das Nebeneinander mit anderen Religionen sieht König Mohammed VI. als aktive Maßnahme gegen Radikalisierung und Terrorismus.
Diese „geistige Terrorbekämpfung" wird durch die Arbeit von Marokkos Sicherheitsdiensten tatkräftig unterstützt: Scharfe Kontrollen und hartes Durchgreifen sagen radikalen oder terroristischen Tendenzen den Kampf an.
Doch genau wie sein Vorgänger weiß Marokkos König genau, wie er seine Doppelrolle auch für seine persönlichen Interessen nutzen kann.

Atelier B

Lire **6**

A propos du texte (nach SB S. 106, Nr. 3)

A *Complétez avec des mots du texte de votre livre p. 105–106.*

Jamel a un grand cœur. Il profite de son immense ________________ pour encourager des jeunes ________________ de l'immigration à faire le même métier que lui: ________________. Dans son ________________ de télévision, le *Jamel Comedy Club*, ou dans son théâtre d'________________, ces jeunes doivent montrer qu'ils ont du ________________.
Et bien sûr, il ne vous faut pas rater le ________________ international du rire qu'il a créé, Le Marrakech du rire. Là, vous êtes sûrs de beaucoup rire ☺ ☺ ☺!

B *Trouvez les synonymes dans le texte de votre livre p. 105–106 et complétez avec la bonne préposition.*

Les mots	Le synonyme (=)
un livre	________________
après	________________
n'avoir aucun rapport avec qc	________________
s'habituer	________________
fou, folle	________________

Les prépositions
Il est interdit ________ fumer
________ l'occasion ________ une fête
avoir mal ________ cœur
une source ________ inspiration
être concilié ________ la culture

C *Expliquez avec vos propres mots ou répondez aux questions.*

1. Qu'est-ce que Jamel veut dire par cette phrase: «Si tu ne sais pas parler français, tu n'es pas Français.»

____

____

____

____

2. *Pourquoi pense-t-il que des femmes comme sa mère n'existeront bientôt plus?*

____

____

____

____

3. *Pour Jamel, la «transmission» est très importante. Que veut-il dire par là?*

____

____

____

____

On combine

7 A Marrakech et Ouarzazate (nach SB S. 108, Nr. 6)

Lisez bien le contexte pour compléter correctement les deux textes avec les mots donnés. Mettez-les à la bonne forme et ajoutez une préposition si nécessaire.

A *Connaissez-vous le **Marrakech du rire**?*

__________ de ce festival qu'il a créé __________ 2011 et qui __________ chaque année en juin, Jamel Debbouze présente les jeunes __________ qu'il a découverts et qui sont __________ l'immigration. Tous ces artistes sont francophones: Ils viennent d'Afrique, et __________ du __________, mais aussi d'autres pays de la francophonie. C'est très __________ les écouter car ils ont tous des __________ inspiration très différentes qui __________ les unes avec les autres. Ainsi, ce festival __________ les nombreuses cultures des artistes mais aussi du __________. Il se termine __________ une semaine, dans la bonne humeur générale.

public
n'avoir rien à voir
avoir lieu
Maghreb
source
concilier
à l'occasion
touchant
en
issu
en particulier
talent
au bout

B Cinéma et «ciné-tourisme» dans le Grand Ouarzazate

Pourquoi cet endroit est-il __________ un des plus formidables pour les réalisateurs de films du monde entier? C'est parce qu'il ne __________ aucun autre, avec ses quatre sites __________.
Les magnifiques paysages dans le __________ et la qualité de la lumière nous __________ tous. On y a tourné des grands films qui __________ plusieurs __________ d'acteurs et réalisateurs. Et si vous êtes __________ cinéma, visitez le musée avec ses décors célèbres, comme la prison du film Gladiator (2000).

amoureux
désert
frapper
considérer comme
influencer
exceptionnel
ressembler
génération

Retombez dans l'__________ grâce aux animateurs et devenez le __________ ou l'__________ d'un jour!
C'est un truc __________ et il __________ rire ☺!
Grâce à ce patrimoine touristique, on __________ qu'il y a moins de __________ entre les touristes mais aussi moins de __________ chez les artistes qui peuvent ainsi travailler toute l'année.
N'oublions pas d'__________ que la __________ est aussi représentée à Ouarzazate car le roi Mohammed VI est venu __________ en 2005 les nouveaux studios de cinéma de la société Atlas Corporation.

chômage
barrière
inaugurer
héros, héroïne
ne pas interdire
enfance
dingue
monarchie
se rendre compte
évoquer

Jeu de mots/ Médiation

8 Recette: Couscous Royal marocain (nach SB S. 107)

Faites plaisir à votre famille un jour de fête: Préparez un Couscous Royal marocain!

Vous ne connaissez pas tous les mots mais vous pouvez en deviner un maximum avec les images et les techniques que vous avez déjà apprises (synonymes, contraires, mots de la même famille ou d'une autre langue, etc.). Cherchez dans un dictionnaire en ligne si vous ne trouvez pas.

A *Lisez les ingrédients et la recette du Couscous Royal marocain.*

Ingrédients: 2 cuisses de poulet, 500 g d'épaule d'agneau, 6 merguez. Il vous faut aussi: 2 carottes, 2 navets, 1 aubergine, 1 courgette, 75 g de raisins secs, ½ oignon, 1 cuillère à café de paprika en poudre, 3 cuillères à café de ras el hanout, 1 cuillère à soupe de concentré de tomates, 1 petit verre d'huile d'olive, 1 tomate, harissa, persil, sel, poivre, pois chiches, 500 g de semoule, eau chaude.

1. **Coupez** en gros morceaux: la viande d'agneau, les carottes, les navets, l'aubergine et la courgette.
2. **Mettez** les raisins secs dans un peu d'eau chaude.
3. Dans la marmite, **faites dorer** le poulet et l'agneau.
4. **Ajoutez** l'oignon, le sel, le poivre, **mélangez**, puis **ajoutez** le paprika et le ras el hanout, et **mélangez**.
5. **Ajoutez** le concentré de tomates, la tomate et la harissa.
6. **Laissez cuire** à petit feu pendant 15 minutes.
7. **Coupez en morceaux** les carottes, les navets, l'aubergine, la courgette, du persil et les raisins secs.
8. **Portez à ébullition, fermez** avec un couvercle et laissez cuire à petit feu pendant 45 minutes.
9. Pendant ce temps, **mélangez** la semoule et l'huile d'olive, puis **détachez** les grains avec une fourchette. **Ajoutez** un peu d'eau chaude et **couvrez** avec du papier aluminium pendant 5 minutes pour **faire gonfler** les grains. **Mélangez** et **détachez** les grains avec une fourchette.
10. **Faites griller** les merguez dans une poêle.
11. **Ajoutez** les pois chiches dans la marmite au bout des 45 minutes, puis **refermez** et **laissez cuire** encore 5 minutes.
12. **Dressez le plat:** (les légumes et la viande sur la semoule), **présentez le bouillon** séparément.

B *Décrivez maintenant les étapes de la recette et mettez les photos dans l'ordre.*

1 
2 
3 
4 
5 
6 

1

C *Laissez un commentaire!*

Ecouter

9 Au Maroc, prenez le TGV! (nach SB S. 108, Nr. 7)

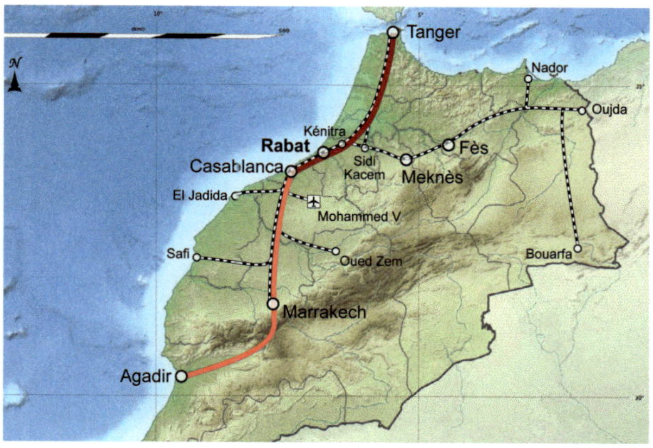

47 *Un journaliste est monté dans le TGV Maroc pour connaître les impressions des passagers[1] et du conducteur[2]. Ecoutez le document sonore, puis complétez et cochez la/les bonne/s réponse/s.*

A Avant l'écoute: *Avez-vous déjà pris un TGV ou un ICE? Quelles sont vos expériences?*

B Pendant l'écoute:

1. Qui a inauguré le TGV Maroc en 2018?

______________________ et ______________________.

2. Le succès du TGV Maroc est ☐ 😊 ☐ 😐 ☐ 😞

3. Les deux Marocains prennent le TGV pour … ☐ ne pas s'ennuyer. ☐ s'amuser. ☐ aller à la plage. ☐ rendre visite à leur famille.

4. Il leur faut ________ heures ________ pour le trajet. Avant, il fallait ________ heures.

5. L'homme d'affaires dit: «Le TGV avance très vite […], alors cela me ______________ dans la même journée de rendre visite à mes ______________ à Tanger et Casablanca, deux ______________ économiques du Maroc.»

6. Ecrivez le temps de trajet entre les villes:

Tanger-Kenitra: ________ minutes – **Kenitra-Rabat:** ________ minutes – **Rabat-Casablanca:** ________ minutes

7. *La touriste:* «Grâce au TGV, j'ai plus de temps pour ______________________________.»

8. Il est toujours important de bien comprendre les chiffres pour éviter les malentendus. Alors, reliez les chiffres aux bonnes informations sur la vitesse et le bilan financier.

352 km/h	☐	☐	avant le TGV
320 km/h	☐	☐	maximum du TGV Maroc
160 km/h	☐	☐	vitesse espérée à l'avenir
3	☐	☐	millions de passagers par an avec le TGV
2	☐	☐	millions de passagers par an avant le TGV
7	☐	☐	milliards pour le TGV Maroc
6	☐	☐	années de travaux

9. On a supprimé __________ hectares de forêt qu'on a remplacés par __________ hectares de nouvelles forêts.

10. Le TGV Maroc respecte l'environnement car ______________________________.

11. La nouvelle ligne en projet devrait coûter __________ milliards d'euros pour un trajet de __________ km.

1 un passager/une passagère ein Fahrgast **2 un conducteur/une conductrice** ein(e) Lokführer(in)

Médiation

10 Kulturzentrum mit Dachterrasse (nach SB S. 109, Nr. 8)

Votre classe prépare une exposition sur les relations franco-arabes. Vous devez présenter l'Institut du monde arabe, situé sur la place Mohammed V à Paris.

A *Marquez en couleur les informations demandées: les objectifs de cet institut en vert, l'architecture en jaune, le programme des activités en bleu.*

Eine kulturelle Brücke zwischen Morgenland und Abendland bauen – so könnte man die Grundidee des Institut du monde arabe (IMA) in Paris beschreiben. Schwerpunkt der Arbeit dieses Instituts ist die Förderung des Austauschs und des Dialogs zwischen Frankreich und der arabischen Welt – oder kurz: die Kulturvermittlung.

Bereits 1980 entstand unter der Präsidentschaft von Valéry Giscard d'Estaing der Plan für das IMA, doch sollte dieser erst in der Amtszeit des Präsidenten François Mitterrand in die Tat umgesetzt werden. Der Bau wurde durch Jean Nouvel und einem Architektenteam realisiert und im Dezember 1987 fertiggestellt. Noch im selben Jahr konnte die Eröffnung des Instituts gefeiert werden und besiegelte so die Zusammenarbeit von Frankreich mit den 22 Mitgliedstaaten der Arabischen Liga.

Das Gebäude ist ein echter Hingucker. Die raffinierte Architektur der Glas-Stahl-Konstruktion verbindet europäischen Baustil mit arabisch-islamischen Elementen und macht das IMA zu einer einzigartigen Sehenswürdigkeit. Eine Besonderheit des IMA sind die rund 240 mozarabischen Fenster an der Südseite, die aus 35.000 Metall-Ornamenten bestehen und an traditionelle Holzgitter erinnern, die in vielen arabischen Ländern statt Fenstern zu finden sind. Sie gelten als architektonisches Highlight, denn sie lassen sich je nach Lichteinfall wie Kamerablenden öffnen und schließen. Von seiner Dachterrasse aus bietet das Gebäude dem Besucher zudem einen der schönsten Ausblicke auf die französische Hauptstadt, liegt es doch mitten im Quartier Latin gegenüber der Ile Saint-Louis. Bereits im Jahr seiner Eröffnung wurde das Gebäude mit dem Architekturpreis Prix Equerre d'argent ausgezeichnet.

Inzwischen wurde das Gebäude umgebaut und begrüßt seine Besucher seit 2012 in neuen Räumlichkeiten. Die Dauerausstellungen sind auf vier Stockwerke verteilt und haben zum Ziel, die arabisch-islamische Zivilisation von ihren Anfängen bis in die Gegenwart zu zeigen. Zu sehen gibt es mehr als 560 Artefakte, darunter Kunstwerke, wissenschaftliche Objekte, aber auch Alltagsgegenstände und traditionelle Kleidung. Die wechselnden Sonderausstellungen greifen Aspekte aus allen Kulturbereichen auf, besonders aktuelle Themen, wie Hip-Hop in der arabischen Jugendkultur, stehen dabei im Vordergrund.

Darüber hinaus gibt es in der Bibliothek des Institut du monde arabe über 500 Werke zur arabischen Welt zu entdecken, es werden regelmäßig Arabischkurse für Kinder und Erwachsene angeboten und interkulturelle Konferenzen oder auch Konzerte organisiert. Im hauseigenen libanesischen Restaurant Le Zyriab, das ein wunderschönes Panorama über Paris zu bieten hat, kann man auch kulinarisch den Orient entdecken.

Das IMA ist aber mehr als Museum, Bibliothek und Kulturzentrum. Es ist ein wahrer Ort der Begegnung und des Austauschs und trägt so aktiv dazu bei, die kulturellen, politischen, wirtschaftlichen und sozialen Verbindungen zwischen Frankreich und den arabischen Ländern zu stärken und ein besseres Verständnis für den jeweils anderen zu ermöglichen.

B *Notez en français dans votre cahier les informations trouvées dans le texte sur les objectifs, l'architecture et le programme des activités.*

C *Travaillez en groupe de deux à trois élèves et préparez une exposition sur l'Institut du monde arabe. Chaque groupe travaille sur un de ces sujets:* la façade – la bibliothèque – les Journées de l'Histoire de l'IMA – les expositions temporelles – les activités et spectacles – le restaurant et le café.
Cherchez des belles photos et écrivez des légendes informatives pour chacune.
Ensuite, faites une exposition autour de l'IMA et présentez-la dans votre lycée.

Pratique: tâches

Réaliser

11 Tourner une vidéo (nach SB S. 110, Nr. 1)

MK

Votre classe veut faire des courtes vidéos sur Ouarzazate qui est considérée comme le Hollywood du Maroc. On y trouve plusieurs studios de cinéma et on y a tourné des films célèbres dans le monde entier. Travaillez en groupes de trois ou quatre élèves et tournez une vidéo de deux minutes environ pour présenter des aspects intéressants de Ouarzazate.

A Préparer la vidéo

1. *Avant de commencer, choisissez une des catégories ci-dessous.*

Des classiques de film: 1962: *Lawrence d'Arabie* 1987: *James Bond 007 – Tuer n'est pas jouer*	**Des blockbusters:** 2005: *Le Royaume des Cieux* 2006: *Babel* 2010: *Les chemins de la liberté*	**Deux séries:** *Game of Thrones* *Prison Break*
Les studios de cinéma: Studios Atlas CLA Studios	**Le cinéma français:** 2002: *Astérix et Obélix – Mission Cléopâtre*	**Des films d'époque:** 2000: *Gladiator* 2004: *Alexandre*

2. *Puis décidez: Préférez-vous présenter un film / une série / un studio en détail ou plusieurs films / séries / studios autour d'un style ou d'un thème?*

3. *Faites maintenant des recherches sur Internet. Choisissez des photos et affiches qui transportent un message fort. Illustrez avec des cartes. Complétez enfin votre vidéo avec une jolie musique.*

Attention! *Vous devez choisir seulement du matériel et une musique qui sont libres de droits. Vérifiez donc bien les sources et indiquez-les à la fin de votre vidéo.*

B Ecrire le scénario

Ecrivez le scénario du présentateur / de la présentatrice. Comme la vidéo dure seulement deux minutes, il faut vous concentrer sur les aspects les plus importants. Vos images doivent bien illustrer votre texte.

C Réaliser la vidéo

Réalisez maintenant la vidéo avec votre smartphone ou votre tablette. Utilisez l'application «photo» pour créer une vidéo avec les photos et images que vous avez choisies. Il y a deux possibilités:

- créer d'abord la vidéo avec les photos et enregistrer le texte parlé après, ou
- créer la vidéo et le texte parlé en même temps.

D Présentation de la vidéo

Présentez votre vidéo en classe. Après, discutez du résultat.

Bilan

→ Solutions: page 126.

1 En forme (G 10) (nach SB S. 111, Nr. 2)

A *Soulignez la forme correcte du participe passé.*

Le peintre français Jacques Majorelle (1886–1962) a longtemps habité à Marrakech, dans une villa Art déco très moderne qu'il a construit / construite / construits en 1929 dans un grand parc de 10 000 m². Les murs de la maison étaient de quelle couleur? Il les a peint / peints / peintes en «bleu Majorelle», bien sûr, une couleur bleue qu'il a inventé / inventés / inventée en 1937 et qui le rendra célèbre. Où était son atelier d'artiste? Il l'a installé / installée / installées dans la villa, en bas du jardin.

A quoi ressemblait son jardin? Amoureux de paysages et de plantes exotiques, c'est une oasis qui l'a influencés / influencé / influencées pour le style du jardin. Les fontaines, il les a décorée / décoré / décorées avec amour. On y trouvait des plantes rares qu'il a rapportée / rapportées / rapporté de ses voyages dans le monde entier et des arbres exotiques comme des bambous qui se sont bien acclimatés.

Il y avait aussi de très nombreux oiseaux, on les a entendu / entendues / entendus toute la journée.

Ce jardin, il l'a ouverte / ouvert / ouverts au public en 1947 mais à sa mort, personne ne s'en est occupé. Personne. Mais un jour, …

B *Soulignez d'abord l'objet direct avant chaque verbe entre parenthèses, puis mettez le verbe à la bonne forme au passé composé. Attention à l'accord du participe passé!*

Yves Saint Laurent et son ami ont appris que cette maison et ce jardin qu'ils ont ____________ (découvrir) en 1966 allaient disparaître pour construire un hôtel et ça leur a fait mal au cœur. Alors ils les ____________ (acheter) en 1980 pour les rénover et y habiter. La maison, ils l'____________ (appeler) «Villa Oasis».

Dans l'ancien atelier du peintre Majorelle, ils ont installé un musée berbère et des œuvres de Haute couture que Yves Saint Laurent ____________ (créer). Quelle émotion pour YSL qui a grandi au Maroc! Dans ce «plus beau jardin», qui a été pour lui une source d'inspiration, on peut admirer le mémorial qu'on lui ____________ (dédier). Car ce créateur de mode exceptionnel, on l'____________ (célébrer) aussi après sa mort en 2008 et on continue à le célébrer encore aujourd'hui. En 2010 a ouvert une exposition sur sa vie au Maroc: C'est la femme du roi Mohammed VI qui l'____________ (inaugurer), en même temps que la rue Yves Saint Laurent devant le jardin. Qu'est devenu le jardin depuis? Vingt jardiniers l'____________ (préparer) chaque jour et on y accueille 600 000 visiteurs par an! Le jardin Majorelle est un haut lieu du tourisme au Maroc!

2 On combine (G 10) (nach SB S. 110, Nr. 2)

Qui suis-je?
Naissance: le 7 novembre 1967
Ville natale: Paris
Résidences: Ibiza, Londres, Los Angeles, Dubaï
Métiers: DJ, producteur de musique

A *David Guetta raconte. Complétez le texte avec le bon pronom objet direct:* ***me*** *(2x),* ***le, nous, vous, les.***

Je me souviens très, très bien quand j'avais 13 ans, je n'avais pas de très bonnes notes en maths. Ma prof de maths ________ a convoqués[1], mes parents et moi, pour nous dire: «Bon, ça ne va pas du tout, David.» «Ben, les maths, pour moi, ce n'est pas important. Je veux être DJ!», ai-je répondu. Elle a dit: «Mais, c'est quoi, un DJ?» Je ________ ai expliqué: «C'est le seul métier qui ________ intéresse! Les disques, on va ________ échanger, on en fait des remixes …». Ils ________ ont regardé comme si j'étais fou. «Ce n'est pas un métier, ça.» Voilà Madame, je peux ________ dire aujourd'hui que vous n'aviez pas raison!

B *Lisez d'abord le texte, puis faites les tâches.*

1. Remplacez les objets directs **en gras** par le **pronom relatif** ou **objet direct** qui correspond.
2. Mettez ensuite les verbes donnés à la bonne place et à la forme correcte du **passé composé**. Attention à l'accord!

écrire (2x) | gagner | publier | rencontrer (2x) | choisir | entendre | explorer | organiser | recevoir

Connaissez-vous **Jack Back**? Non? Vous ________________? Personnellement, sûrement pas, mais c'est **sa musique** ____________ tout le monde ________________ au moins une fois quelque part[2]. Jack Back, c'est depuis 2018 le nom d'un projet musical derrière lequel se cache le DJ David Guetta, fils d'une mère française et d'un père d'origine marocaine. **Ce pseudonyme**, il ________________ pour revenir à la musique house. **La musique**, il ________________ très tôt, dès l'âge de 14 ans, dans **les fêtes** ________________ il ________________ et qui ont marqué le début de sa carrière comme DJ. **Ses deux premiers albums**, il ________________ en 2002 et 2003. Son premier grand succès international, c'était la nomination aux NRJ Music Awards 2007 et son deuxième, **le prix du meilleur DJ** aux House Music Awards ________________ il ________________ en 2009 à Londres. Mais ce n'était que le début. Son quatrième album «One Love» est devenu numéro un en France et **la chanson "I Gotta Feeling"** ________________ il ________________ avec les Black Eyed Peas a battu tous les records. **Toute la planète**, il ________________ grâce à ses nombreux hits et **les plus grandes stars**, il ________________ toutes.

Aujourd'hui, David Guetta est le DJ préféré des stars et une vraie superstar de la musique électronique. Combien de hits a-t-il déjà ________________ et où s'arrêtera-t-il? On ne le sait pas, mais une chose est sûre: sa passion pour la musique restera toujours.

---
1 convoquer qn jdn vorladen **2 quelque part** irgendwo

En plus: différenciation

Parler

1 Que faire, que voir, que visiter au Maroc?

*L'été prochain, vous **(A)** aimeriez faire un voyage au Maroc avec des copains/copines. Vous demandez des informations à une amie de vos parents, Amel **(B)**, qui vient du Maroc.*
*Travaillez à deux. Décidez qui prend le rôle **A** et le rôle **B**. **A** commence. Puis changez de rôle.*

A: Toi	B: Amel, Marocaine
1. Du möchtest wissen, welche Aktivitäten und Ausflüge Amel in Marokko empfiehlt und was man auf jeden Fall unternehmen sollte.	**1.** [Quelles activités et excursions est-ce que tu pourrais recommander au Maroc? Qu'est-ce qu'il faudrait absolument faire?]
2. [Tu sais, il sera difficile de choisir. Parmi les meilleures choses à faire, c'est la visite des célèbres souks. On peut y trouver de beaux souvenirs, comme des épices ou des poteries en particulier. Si tu ne veux pas trop payer, il faut marchander les prix!]	**2.** Sie antwortet, dass es schwierig sein wird, sich zu entscheiden. Doch eines der Highlights Marokkos sei der Besuch der berühmten Souks. Dort könne man schöne Souvenirs finden, besonders Gewürze und Töpferwaren. Aber man müsse unbedingt um den Preis der Waren feilschen.
3. Das ist dir klar. Aber du weißt nicht, ob du mit den Händlern Französisch sprechen kannst oder ob man Arabisch oder sogar die Berbersprache beherrschen muss.	**3.** [Oui, je sais. Mais est-ce que je peux parler français aux marchands? Ou est-ce qu'il faut savoir parler arabe ou même berbère?]
4. [Ne te fais pas de soucis, ça va en français. Aujourd'hui, tous les Marocains l'apprennent dès l'école primaire.]	**4.** Amel antwortet, dass du dir keine Sorgen machen musst, denn inzwischen lernen alle ab der Grundschule Französisch.
5. Das beruhigt dich. Du würdest gerne Trekking in der Sahara machen und möchtest wissen, was Amel davon hält.	**5.** [Ouf! Moi, j'aimerais faire un trek dans le Sahara. C'est quelque chose que tu me recommanderais?]
6. [Il faut absolument faire ça! Et passe aussi une nuit dans le désert. C'est unique! Visiter des villes, ça t'intéresse aussi?]	**6.** Für Amel ist ein solcher Ausflug ein absolutes Muss. Sie meint, dass du auch eine Nacht in der Wüste verbringen solltest, weil das einzigartig sei. Sie möchte wissen, ob dich auch Städte interessieren.
7. Du bejahst, weißt aber nicht, wie viel Zeit euch bleibt, da deine Freunde auch im Atlasgebirge wandern gehen wollen.	**7.** [Bien sûr! Mais je ne sais pas combien de temps il nous restera parce que mes amis veulent aussi faire des randonnées dans les montagnes de l'Atlas.]
8. [Je comprends. Pour se sentir comme dans les contes des mille et une nuits, vous pouvez aller à Essaouira. Il y a des remparts autour de la vieille ville et la ville se trouve au bord de la mer. En plus, la Médina est classée au patrimoine mondial de l'UNESCO. Ce serait un beau point de départ pour votre séjour, n'est-ce pas?]	**8.** Amel versteht das. Sie schlägt den Besuch von Essaouira vor, um sich wie in den Erzählungen von 1001 Nacht zu fühlen. Dort ist die Altstadt von Stadtmauern umgeben und die Stadt selbst liegt direkt am Meer. Außerdem zählt die Medina zum Weltkulturerbe der UNESCO. Das wäre doch ein schöner Ausgangspunkt der Reise.

n combine / Chasse aux fautes

2 Un séjour au Maroc (G 10)

Pendant les vacances d'été, Raphaël a fait la découverte du Maroc tout seul. Après son retour, il a donné une interview à Théo pour le journal scolaire de son lycée.

A *Lisez l'interview. Remplacez les mots **en gras** par les **pronoms objets directs** qui correspondent et mettez les verbes **au passé composé**. Attention à l'accord du participe passé!*

Journal scolaire: Pour quelles raisons est-ce que tu ______________ (aller) au Maroc?

Raphaël: Il y en avait plusieurs. Les pays orientaux ______________ (fasciner) depuis mon enfance et le Maroc est proche de la France et on y parle aussi français. J'ai beaucoup de copains maghrébins.

Journal scolaire: Combien de jours est-ce que tu ______________ (passer) au Maroc?

Raphaël: J'y ai passé quinze jours. **Ces deux semaines**, je ______________ (trouver) géniales.

Journal scolaire: Un voyage au Maroc est souvent considéré comme une expérience unique. C'est vrai?

Raphaël: Absolument! **Le voyage au Maroc**, je ______________ (ne pas regretter) une seconde! D'un côté, on y trouve beaucoup de traditions qu'une génération ______________ (transmettre) à l'autre. De l'autre côté, la société marocaine est une société de contrastes: dans les rues, on voit des femmes voilées[1], mais aussi des couples modernes.

Journal scolaire: Quelles excursions est-ce que tu ______________ (choisir)?

Raphaël: Pour moi, faire une excursion dans le désert, c'était obligatoire! **La découverte du Sahara**, je/j' ______________ (adorer). Quelle aventure! Un groupe de touristes et moi, nous ______________ (partir) faire une randonnée dans le Haut Atlas. Notre guide ______________ (montrer) des endroits secrets.

Journal scolaire: Alors, cette excursion ______________ (aider) à mieux connaître l'arrière-pays marocain. Quelle expérience est-ce que tu ______________ (aimer) le plus pendant ton séjour?

Raphaël: Passer une nuit dans le Sahara sous un ciel plein d'étoiles, bien sûr, mais aussi goûter un dessert accompagné d'un thé à la menthe sur une terrasse à Marrakech. **Ces expériences uniques**, je ______________ (faire) au Maroc!

B *Voilà quelques questions que les élèves du journal scolaire ont notées. Lisez-les et corrigez les 8 fautes.*

1. Quel endroits est-ce que tu as visité? ______________
2. La balade à dos de chameau, tu lui as fait aussi? ______________
3. Qui étaient les autres touristes qui tu as connues pendant tes vacances? ______________
4. Quelles étaient les meilleures spécialités que tu as goûtés? ______________
5. Combien de photos est-ce que tu as pris? ______________

1 voilée die ein Kopftuch trägt

Médiation

3 „So reich wie der König" – Ein Casablanca-Roman

En cours de français, vous faites un projet avec une classe de votre jumelage en France. Les Allemands vont présenter en visioconférence un roman et un auteur qu'ils ont beaucoup aimé à la classe française. Vous, vous présentez le roman français «Aussi riche que le roi» d'Abigail Assor qui vous a beaucoup plu.
Lisez l'article suivant pour pouvoir présenter cette auteure et les personnages principaux du livre aux élèves français. Ecrivez votre présentation dans votre cahier.

Abigail Assor, geboren 1990 in Casablanca, verbrachte ihre Kindheit in ihrer Geburtsstadt. Im Alter von 17 Jahren zog sie nach Paris. Sie studierte Philosophie und Soziologie, bevor sie sich dem Schreiben und dem Film widmete. Ihr erster Roman „So reich wie der König" wurde in Frankreich hochgelobt und war für den *Prix Goncourt du premier roman* nominiert.
Er wurde in sieben Sprachen übersetzt.

Der Titel des in Casablanca spielenden Debütromans von Abigail Assor ist Programm: „So reich wie der König" soll der Zukünftige der 16-jährigen Französin Sarah sein – ein Traum, der mit den Realitäten Marokkos unsanft kollidiert.

Ein französischer Pass schützt in Marokko nicht unbedingt vor Armut. Die 16-jährige Sarah und ihre alleinerziehende Mutter wohnen mit Blick auf eines der Barackenlager von Casablanca. Nur ein Drahtzaun trennt sie vor dem sozialen Aus. Und das droht täglich. Denn Sarahs Mutter bestiehlt ihre französischen Liebhaber, was sie bald ins Gefängnis bringen könnte.

Das einzige Gegenmittel heißt träumen. Abigail Assors Romantitel ist da Programm: „So reich wie der König" soll Sarahs zukünftiger Ehemann sein. Ihr Jagdrevier ist das Umfeld des Französischen Gymnasiums von Casablanca. Denn dort gehen die Kinder der reichen Marokkaner zur Schule. Ironie des Schicksals: Der Absolvent, der das größte Erbe erwartet, ist kein gutgekleideter Schönling, sondern ein dicklicher, introvertierter, weltabgewandter Motorrad-Freak namens Driss. Der lebenshungrigen Sarah ist das egal. Ihr geht es nicht um Liebe, sondern um das Erreichen ihres Ziels. Dafür setzt sie ihre ganze Intelligenz ein.

„Sie trug aus Paris importierte Jeans [...], und sie hatte sich zehn, fünfzehn Mal im Café Campus gezeigt [...]; noch nie hatte man ihren Chauffeur gesehen, aber man hatte sie auch noch nie in einem Bus gesehen. Man sah, dass sie Französin war, hübsch, ganz nach dem Geschmack der Jungs, man konnte bemerken, dass sie den Unterricht schwänzte und Kif rauchte, man konnte sie einzelgängerisch finden, rätselhaft oder gemein. Aber man konnte nicht ahnen, dass sie arm war; das war unmöglich."

Doch schon in diesem Punkt kollidieren Sarahs naive Jungmädchenträume mit den Realitäten der marokkanischen Oberschicht. Zwar gelingt es ihr, sich über einen befreundeten Dealer in die Kreise der gelangweilten Kinder der Reichen einführen zu lassen und die Angel nach Driss auszuwerfen. Doch ausgerechnet er macht sie auf ihren mangelnden Blick für soziale Details aufmerksam. Der Panzer, der ihre Armut verbergen sollte, ist löchrig. Eine Uhr fehlt, der passende Schmuck, ihr Kleid ist umgenäht und nicht neu, etc. In diesem Ambiente wirkt Sarah wie ein Fremdkörper – so, als spiele sie eine Rolle im Film-Klassiker „Wie angelt man sich einen Millionär". Doch gelten in Marokko die Gesetze von Hollywood-Filmen nicht. Mit Schönheit allein kommt keine Frau gegen die Verheiratungsrituale an, schon gar nicht in der Oberschicht, in der die edle Abstammung zählt. Als Sarah das begreift, wächst ihre Wut. [...]

In einer eingängigen, genauen Sprache erzählt Abigail Assor die schmerzhaften Lernprozesse einer 16-jährigen, ihren unsanften Sturz vom Thron der Träume. Sie muss miterleben, dass die Männer, die „so reich wie der König" sind, zu Hause wie Tyrannen herrschen, dass deren Frauen nur den ganz gewöhnlichen Albtraum patriarchalischer Gesellschaften erleben: voller Willkür, Verrat und Gewalt. Abigail Assors Erstling sei deshalb vor allem Jugendlichen als Lektüre empfohlen. Spannend, ja dramatisch bleibt er bis zur letzten Seite. Denn wenn die Haut, wie es an einer Stelle heißt, „zum Horizont" wird, kommen neue Unwägbarkeiten ins Spiel.

On prépare le DELF

Mit dem DELF-Zeugnis hast du einen Trumpf in der Hand! Mit den folgenden Übungen, die dem Niveau einer echten Prüfung ***DELF B1*** *version scolaire entsprechen, kannst du für die echte Prüfung trainieren.*
Zum Ablauf: *Für das Hörverstehen hast du ungefähr 25 Minuten zur Verfügung; starte die Tonaufnahme, alle Pausen sind berücksichtigt. Für das Leseverstehen und für das Schreiben stehen dir 45 Minuten zur Verfügung. Der 4. Prüfungsteil, Sprechen, dauert 15 Minuten, plus 10 Minuten Vorbereitungszeit.*
Hinweis: *Wie bei der echten DELF-Prüfung tauchen unbekannte Wörter auf, die du aber im Zusammenhang meistens verstehen kannst. Bei den Ankreuzaufgaben sind manchmal auch 2 Antworten richtig. Findest du das Wort „Justification“, trage die Textstelle ein, die deine Wahl begründet.*

1 Compréhension de l'oral

49 *Vous allez entendre 3 enregistrements correspondants à 3 documents différents. Pour chaque document, vous aurez:*

- *30 secondes pour lire les questions;*
- *Une première écoute, puis 30 secondes de pause pour commencer à répondre aux questions;*
- *Une deuxième écoute, puis 30 secondes de pause pour compléter vos réponses.*

Répondez aux questions en cochant la/les bonne/s réponse/s ou en écrivant l'information demandée.

Exercice 1

1. Où se passe la scène?

☐ à la piscine ☐ sur une plage ☐ dans un studio

2. Que fait le jeune garçon?

☐ Il fait du surf. ☐ Il nage. ☐ Il nettoie.

3. Est-ce que le jeune garçon est seul?

☐ Oui, il est seul. ☐ Il est avec d'autres jeunes. ☐ Il est avec sa copine.

4. Qu'est-ce qu'il trouve sur la plage? *(Plusieurs réponses!)*

☐ des sacs ☐ des jouets ☐ des livres
☐ des bouteilles ☐ de l'argent

5. Dans quelle ville se passe la scène?

____

Mögliche Punktzahl: 5

Exercice 2

1. Comment s'appellent les deux personnages?
   ☐ Margo ☐ Elise ☐ Marco ☐ Alisa ☐ Larissa
2. Qu'est-ce qu'une des filles a fait ce week-end?
   ☐ Elle a fait la fête. ☐ Elle a travaillé. ☐ Elle a fait les magasins.
3. Est-ce que la fille a l'âge de travailler officiellement? ☐ oui ☐ non
4. Qu'est-ce que la fille a trouvé ce week-end? ______________________
5. La fille aide qui?
   ☐ un vieux monsieur ☐ une vieille dame ☐ des enfants
6. Qu'est-ce que la personne ne peut plus faire? *(Plusieurs réponses!)*
   ☐ écouter la radio ☐ sortir dehors ☐ lire ☐ manger
7. Comment est-ce que la fille aide la personne?
   ☐ Elle achète ses vêtements. ☐ Elle fait ses courses. ☐ Elle la promène en voiture.
8. Combien est-ce que la fille reçoit pour aller au marché? ______________________
9. Quel âge a la personne? ______________________
10. Qu'est-ce que la fille reçoit pour son aide?
   ☐ des vêtements et à manger ☐ le reste de l'argent des courses ☐ un salaire de 800 euros

Mögliche Punktzahl: 10

Exercice 3

1. Où se passe la scène? ☐ à Saint-Denis ☐ sous la tour Eiffel ☐ en Afghanistan
2. Nous sommes en quelle saison? ☐ en été ☐ en hiver ☐ au printemps
3. Quelle est la température? ☐ 15° ☐ 5° ☐ -5° ☐ -15°
4. Le journaliste rencontre … ☐ des artistes. ☐ des personnes âgées. ☐ des jeunes.
5. Rachida aide … ☐ des handicapés. ☐ des personnes âgées. ☐ des migrants.
6. Pour aider, Rachida apporte … ☐ des jouets. ☐ de l'argent. ☐ de la soupe. ☐ du chocolat.
7. Rachida est … ☐ joyeuse. ☐ triste. ☐ heureuse.
8. Les gens vont aller dans un centre. ☐ vrai ☐ faux
9. Les gens ont … ☐ froid. ☐ mal au cœur. ☐ peur. *(2 réponses!)*
10. Pour quelle radio travaille le journaliste? ☐ Franceinfo ☐ France Inter ☐ Radio Saint-Denis

Mögliche Punktzahl: 10

2 Compréhension des écrits

Exercice 1

Vous voulez participer à un échange en France. Vous avez le choix entre plusieurs familles d'accueil. Mais vous souhaitez une famille qui réponde à ces critères:

- *habite près du lycée;*
- *a aussi un fils de 16 ans;*
- *est connectée à la Wif;*
- *possède au moins un animal;*
- *est sportive et vegan.*

Vous lisez le portrait des 4 familles au choix et vous cochez si elle correspondent à vos critères.

1 Nous sommes Marcel et Marceline. Nous habitons à la campagne en Normandie et nous n'avons pas d'enfant. Nous pouvons accueillir un correspondant mais pour aller au lycée, il faut prendre le bus. Nous avons un gros chien et 3 chats. Nous aimons la bonne cuisine avec de la bonne viande. Le soir après le travail, nous regardons la télévision sur Internet.

	Oui	Non
habite près du lycée	☐	☐
a un fils de 16 ans	☐	☐
est connectée à la Wifi	☐	☐
possède un animal	☐	☐
est sportive	☐	☐
est vegan.	☐	☐

2 Nous sommes Yann et Janina. Nous sommes quatre à la maison car nous avons une petite fille de 2 mois et un chat. Nous sommes une famille très écologiste de Grenoble. Chez nous, pas de télé, pas de réseaux sociaux, pas d'Internet, pas de viande, pas de voiture. Mais nous adorons le ski et la montagne. Si vous venez chez nous, pas de problème, le lycée est à côté de chez nous.

	Oui	Non
habite près du lycée	☐	☐
a un fils de 16 ans	☐	☐
est connectée à la Wifi	☐	☐
possède un animal	☐	☐
est sportive.	☐	☐
est vegan.	☐	☐

3 Nous sommes une famille nombreuse avec 7 enfants: 2 filles de 11 et 14 ans et 5 garçons de 12, 13, 16 et 18 ans! Nous vous offrons pleins d'activités: sport, jeux Internet, promenade en forêt avec nos deux chiens. Seul problème, pour aller au lycée, c'est loin et compliqué. Il y a un bus scolaire 2 fois par jour. Ah, et chose importante, nous mangeons vegan.

	Oui	Non
habite près du lycée	☐	☐
a un fils de 16 ans	☐	☐
est connectée à la Wifi	☐	☐
possède un animal	☐	☐
est sportive	☐	☐
est vegan.	☐	☐

4 Nous sommes Marc et Stéphane. Nous pouvons accueillir un correspondant étranger pendant les vacances. Nous habitons à Cannes. Nous sommes bien équipés avec Internet. Nous avons adopté un garçon de 16 ans qui va au lycée Jules Ferry près de chez nous. Nous faisons du jogging tous les matins sur la plage avec notre chien et nous cuisinons sans viande.

	Oui	Non
habite près du lycée	☐	☐
a un fils de 16 ans	☐	☐
est connectée à la Wifi	☐	☐
possède un animal	☐	☐
est sportive.	☐	☐
est vegan.	☐	☐

Mögliche Punktzahl: 8

Exercice 2

Vous lisez cet article dans le journal.

A quoi servent les bibliothèques?

Il y a déjà plusieurs années que la raison d'être d'une bibliothèque ne se résume plus à «prêter des livres». Les profondes évolutions des pratiques culturelles et des besoins des citoyens, l'avènement du numérique, ainsi que la diversification […] des services […] de lecture publique sont en effet passés par là.

La question «à quoi sert la bibliothèque?» revient souvent dans la bouche des élus. Certains, avec l'idée qu'à l'ère numérique il n'est plus pertinent d'avoir sur son territoire un réservoir de livres imprimés et qu'il y aurait là matière à économies budgétaires; d'autres, à l'inverse, pour tenter de calibrer le plus finement possible l'équipement, son offre de services et ses moyens pour répondre au mieux aux besoins de la population.

Certes, les professionnels sont loin d'être à court d'explications sur l'intérêt des services offerts par les bibliothèques ni d'arguments pour tenter de convaincre les élus […] des effets bénéfiques intuitivement identifiés: lien social grâce à la bibliothèque abordée comme un lieu de vie, démocratisation des savoirs, animation du territoire via une programmation culturelle, etc.

Depuis trois ans, l'Association des bibliothécaires de France s'est engagée dans l'élaboration d'un «plaidoyer» pour les bibliothèques. […] Objectif: convaincre les décideurs des collectivités de porter politiquement et de financer leurs équipements, et faire partager à tous, élus et habitants, une sorte de vision partagée des bibliothèques.

Répondez aux questions en cochant la / les bonne/s réponse/s.

1. Quel est le problème des bibliothèques? ☐ la politique ☐ le numérique ☐ l'écologie
2. Pour certains politiciens, une bibliothèque est … ☐ inutile. ☐ trop chère. ☐ très utile.
3. Pour d'autres, il faut … ☐ diversifier ☐ supprimer ☐ rénover les bibliothèques.
4. Le contraire d'un livre imprimé, c'est un livre ______________________.
5. Quels sont les avantages d'une bibliothèque? *(Plusieurs solutions)*
   ☐ un partage du savoir ☐ une économie de budget ☐ une vie culturelle ☐ le lien social
6. Comment s'appelle l'association qui suit ce but? ______________________________
7. Cette association a d'abord formulé un ______________________ pour les bibliothèques.
8. Quel sont les buts de l'association? *(plusieurs solutions)*
   ☐ combattre le numérique ☐ trouver des financements ☐ trouver une vision commune

Mögliche Punktzahl: 8

Exercice 3

Vous lisez cet article dans le journal.

Les radios à la reconquête de leur public

Podcasts, webradios, innovations éditoriales, développement sur les enceintes connectées … les radios cherchent à reconquérir leur public. Média roi des Français, la radio a perdu un peu de sa superbe au fil du temps, en particulier chez les jeunes. L'audience cumulée de la radio - l'ensemble des personnes ayant écouté au moins une fois la radio dans la journée - a enregistré un point bas historique, à 77,5% de la population française, sur la période avril-juin (selon des données publiées cet été par Médiamétrie).

Sur dix ans, la durée d'écoute du média a perdu environ 10%. Si le recul est relativement contenu sur les auditeurs les plus âgés, le plongeon est de plus de 30% sur les 13-24 ans. «*C'est une baisse très nette, même si elle est proportionnellement* moins forte que pour la télévision live», commente Philippe Nouchi, expert chez Publicis Media. *La radio a subi la concurrence d'Internet, des réseaux sociaux et, plus globalement, des autres modes de loisirs.*» Presque 68% des 13-24 ans ont écouté la radio au moins une fois dans la journée sur la saison allant de septembre 2018 à juin 2019. Mais ils étaient plus de 80% il y a une décennie. Assez logiquement, ce sont les radios musicales (comme NRJ, Skyrock, Fun Radio, etc.), plébiscitées par les adolescents, qui ont le plus souffert, alors que le streaming (Spotify, Deezer…) et, plus globalement, YouTube, ont pris de l'ampleur. «*La durée d'écoute a surtout baissé sur la tranche horaire du soir […], avec une chute qui s'est accentuée depuis 2013*», reprend Philippe Nouchi. […] Parallèlement, les radios misent sur les innovations technologiques, comme le développement sur les enceintes connectées, les webradios, des accords avec les plateformes ou encore les podcasts. La plupart des radios ont ainsi créé ces derniers mois des podcasts «natifs», à l'image de Fun Radio qui lance cette semaine un nouveau format intimiste. NRJ revendique 54 millions d'écoutes depuis le début de l'année (replay et podcasts natifs). «*Le contexte nous pousse à passer à la vitesse supérieure sur le digital*», résume Tristan Jurgensen.

Répondez aux questions en cochant la/les bonne/s réponse/s.

1. Quel est le média préféré des Français? ☐ Internet ☐ la radio ☐ la télévision
2. Dans quel public la radio a-t-elle le plus perdu son influence? ______________________
3. Plus de … ☐ 1/4 ☐ 1/2 ☐ 3/4 des Français écoutent au moins une fois la radio par jour.
4. Combien d'écoute la radio a-t-elle perdue en une décennie? ______%
5. Quel média a le plus perdu d'audience? ☐ la radio ☐ les journaux ☐ la télévision
6. Quelle est la concurrence directe de la radio? ______________________
7. Parmi ces médias, lesquels ne sont pas des radios? *(Plusieurs solutions)*
   ☐ Deezer ☐ Fun Radio ☐ Spotify ☐ NRJ ☐ Publicis ☐ Skyrock
8. A quel moment de la journée l'écoute de la radio diminue en France? ______________________
9. Avec quels moyens les radios vont essayer de regagner leur public? *(Plusieurs solutions)*
   ☐ nouveaux programmes ☐ nouvelles technologies ☐ nouveaux podcasts
   ☐ accords avec des plateformes ☐ accords avec le gouvernement

Mögliche Punktzahl: 9

3 Production écrite

Votre correspondant(e) vous a envoyé ce courriel. Répondez-lui.
(160 mots minimum)

Nouveau message
De: Alexandre-dumas@gmail.com
À: Mascha-Wenzel@gmx.de
Objet: L'écologie

Salut Mascha,

Tu te souviens, la semaine dernière tu me parlais du mauvais temps chez toi en Allemagne. Hier, à l'école, le prof de géographie nous parle toujours du changement de climat. C'est vrai, il fait chaud l'hiver et il pleut souvent l'été, mais je crois que nous, on ne peut rien faire. On ne peut rien changer. C'est trop tard! Qu'est-ce que tu en penses, toi?

Bise,
Alexandre

Mögliche Punktzahl: 12 → S. 116

4 Production orale

Cette épreuve d'expression orale comporte 3 parties.
Vous avez 10 minutes de préparation pour les parties 2 et 3.

Exercice 1 – Entretien dirigé (2–3 minutes)

1. *Vous vous présentez.*
2. *Parlez de votre famille, de vos ami(e)s et de votre école.*
3. *Quelles sont vos activités en dehors de l'école?*

Exercice 2 – Jeu de rôle (3–4 minutes)

Internet et vous. Qu'en pensez-vous?

1. *Allez-vous sur les réseaux sociaux?*
2. *Jouez-vous à des jeux sur Internet?*
3. *Ecoutez-vous de la musique sur Internet? Par quel réseau?*
4. *Combien de temps restez-vous en ligne par jour?*

Exercice 3 – Expression d'un point de vue (5–7 minutes)

Exprimez votre point de vue sur le sujet suivant:

Votre camarade aimerait jouer avec vous à un jeu vidéo en ligne tous les soirs après le cours. Est-ce que vous êtes d'accord? Est-ce que vous pensez que c'est une bonne idée de rester devant l'ordinateur pour jouer en ligne?

Mögliche Punktzahl: 25 → S. 117

Auswertung:

1. Hast du bei jedem Aufgabenteil wenigstens 5 Punkte erreicht? ☐ Ja ☐ Nein
2. Hast du insgesamt 20 oder mehr als 10 Punkte erreicht? ☐ Ja ☐ Nein

- Zweimal „Ja“? Prima! Du hast diese Mini-DELF-Prüfung bestanden!
- Falls du nicht bestanden hast, schaue dir die Capsule „DELF scolaire“ vom Deutsch-Französischen Institut Erlangen im Internet an oder teste dein Niveau auf der Plattform „DELF@klett“ im Internet.

Grille d'évaluation: DELF Production écrite

Essai

Ich kann: die Arbeitsanweisungen verstehen und beachten und die erforderliche Mindestanzahl von Wörtern einhalten.	1	2		
Ich kann: Fakten, Ereignisse und Erfahrungen beschreiben.	1	2	3	4
Ich kann: Gedanken und Gefühle ausdrücken und meine Meinung äußern.	1	2	3	4
Ich kann: einen einfachen zusammenhängenden Text schreiben und Verbindungswörter benutzen.	1	2	3	

Compétence lexicale / orthographique

Ich kann: das entsprechende sprachliche Register adressaten- und situationsgerecht anwenden. Ich kann, wenn nötig, Sachverhalte umschreiben.	1	2
Ich kann: ein Repertoire an elementaren sprachlichen Mitteln verwenden. Ich mache dennoch gravierende Fehler, sobald es darum geht, komplexere Gedanken auszudrücken.	1	2
Ich kann: Orthografie, Interpunktion und Layout hinreichend umsetzen.	1	2

Compétence grammaticale / orthographe grammaticale

Ich kann: einfache und komplexere Sätze bilden.	1	2
Ich kann: Verben richtig konjugieren, auch wenn ich ab und zu durch meine Muttersprache beeinflusst werde.	1	2
Ich kann: Adjektive, Pronomen richtig angleichen und die Verbendungen richtig schreiben.	1	2

Grille d'évaluation: DELF Production orale

Entretien dirigé (2 – 3 minutes environ)

Ich kann: über mich fließend sprechen und dabei Informationen und Erläuterungen zu meinen Hobbies, Projekten und Handlungen mitteilen.	1	2
Ich kann: ohne Vorbereitung und mit einer gewissen Sicherheit auf Fragen antworten und ein einfaches Gespräch über vertraute Themen führen.	1	

Jeu de rôle (3 – 4 minutes environ)

Ich kann: ohne Vorbereitung auf ungewöhnliche Situationen des Alltags reagieren.	1	
Ich kann: mein Sprachniveau einer bestimmten Situation anpassen.	1	2
Ich kann: auf die Fragen meines Gegenübers reagieren (Informationen verifizieren, bestätigen, seinen/ihren Standpunkt kommentieren, etc.)	1	2

Expression d'un point de vue (5 à 7 minutes environ)

Ich kann: das zu behandelnde Thema einfach und direkt darstellen.	1		
Ich kann: die wesentlichen Punkte einer persönlichen Reflexion mit ausreichender Genauigkeit darstellen und erläutern.	1	2	2,5
Ich kann: eine Reihe von Elementen in einer Rede wiedergeben, die verständlich genug ist, um problemlos fortgeführt zu werden.	1	1,5	

Pour l'ensemble des 3 parties de l'épreuve

Ich verfüge: über ausreichend Wortschatz, um mich zu allgemeinen Themen auszudrücken, gegebenenfalls unter Verwendung von Umschreibungen, auch wenn gravierende Fehler passieren, wenn es darum geht, komplexere Gedanken auszudrücken.	1	2	3	4	
Ich kann: einfache Satzstrukturen und komplexere Sätze beherrschen, auch wenn ich ab und zu durch meine Muttersprache beeinflusst werde.	1	2	3	4	5
Ich kann: mich trotz einiger Formulierungsprobleme und gelegentlicher Pausen verständlich ausdrücken. Manchmal sind Nachfragen notwendig. Meine Aussprache ist trotz gelegentlicher Fehler klar und verständlich.	1	2	3		

Plaisir de lire

Lire

Les amazones de la fantasia

A Avant la lecture

1. *Qu'est-ce que c'est, à votre avis, une amazone? Faites une petite recherche si vous ne savez pas.*

2. *Décrivez la photo ci-contre.*

3. *Puis imaginez: que doit-on savoir faire quand on pratique ce sport?*

Au Maroc, les amazones de la fantasia mènent la charge contre les traditions sexistes.

Les femmes marocaines brisent tous les clichés en se mettant à la fantasia, une discipline équestre traditionnelle berbère. Et elles battent les hommes à leur propre jeu.

La fantasia est une tradition berbère qui remonte à des siècles. C'est un spectacle équestre simulant une charge militaire: les cavaliers galopent côte à côte en ligne et exécutent des figures avant de tirer en l'air, avec des fusils à poudre noire. Plus qu'une parade militaire, c'est un véritable spectacle où l'on vient pour admirer les chevaux […] et les tenues traditionnelles des 11 cavaliers qui enchaînent les figures de haute voltige. Le mot «Fantasia» vient d'ailleurs du latin et signifie «divertissement, fantaisie»; dans la langue marocaine, il a même pris le sens d'«ostentation», «panache», et sert même à qualifier une personne audacieuse … ou un peu trop exhibitionniste! […]

De plus en plus de femmes se mettent à pratiquer la fantasia, bousculant tous les us de ce divertissement extrêmement codifié puisqu'il reprend des traditions vieilles de plusieurs siècles. «De nos jours, les femmes pratiquent souvent la fantasia, cela les a poussées à s'organiser en formant leurs propres groupes», a expliqué Hanane Boulhimz au site Aujourd'hui Le Maroc. Celle qu'on surnomme «la cavalière de l'Atlas» fut la première à ouvrir un groupe accueillant les femmes et les formant à cette discipline équestre. Il n'existe encore que 6 groupes de ce genre au Maroc (Mohammedia, Kénitra, Khémisset, Meknès, El Jadida et Benslimane), mais c'est déjà une belle avancée. […] « Quand j'étais enfant, je voyais mes arrière-grands-parents pratiquer la fantasia. Cela m'a permis de monter à cheval depuis un bas âge. Et parfois, je participais à des manifestations aux côtés des hommes. J'étais la première femme à pratiquer la fantasia, et j'ai fini par décider de créer un groupe de femmes en 2005», a-t-elle précisé. […] «En tant que femme, je me sens fière quand je monte à cheval. Vraiment, c'est un sentiment indéfinissable ». […] «les hommes n'acceptent pas l'idée que la fille monte à cheval. Mais les femmes insistent toujours pour relever le défi et prouver leurs compétences et concurrencer les hommes», confie à *Aujourd'hui Le Maroc* Mounia Taârabet, chef d'un groupe de fantasia dans la région de Khémisset.
Dans un pays où beaucoup d'interdits sociétaux et religieux pèsent encore sur les femmes, la fantasia est devenue pour elles un moyen de revendication, une belle manière de prouver qu'elles valent autant que les hommes. […]

B Pendant la lecture

Lisez d'abord les exercices ci-dessous, puis le texte page 118 et soulignez les éléments importants. Ensuite, faites les exercices: répondez aux questions ou complétez, barrez, cochez.

1. D'habitude, ce sont les hommes / femmes / enfants qui pratiquent la fantasia.

2. Le mot «fantasia» est d'origine

☐ américaine. ☐ italienne. ☐ latine. ☐ berbère. ☐ marocaine.

3. Sur quels animaux pratique-t-on ce sport dans le texte? Sur ______________________.

4. Il y a ______________ cavaliers en tout.

5. C'est une coutume

☐ du Moyen Age. ☐ vieille de plusieurs siècles. ☐ du XIXe siècle. ☐ du XXe siècle.

6. Les spectateurs vont à une fantasia pour voir …

☐ de la voltige
☐ des combats
☐ des costumes traditionnels
☐ des défilés
☐ des armes

7. Quels mots et expressions décrivent une fantasia selon le texte?

☐ un art pour amuser les autres. ☐ une parade militaire. ☐ un jeu.
☐ une tradition. ☐ un évènement politique. ☐ un divertissement
☐ un sport. ☐ une coutume religieuse. ☐ une comédie musicale.

8. De nos jours, des ______________________ peuvent participer à des fantasias.

Pour cela, elles forment ______________________. En 2016, il y en avait ______________ au Maroc.

9. C'est seulement en ______________ qu'une femme a participé pour la première fois à une fantasia.

10. Pourquoi est-ce que Hanane Boulhimz est fière? *(3 idées au moins)*

____
____
____
____
____

11. Les hommes …

☐ ont accepté cette idée sans problème.
☐ ont accepté cette idée mais ils ont eu du mal.
☐ n'ont pas accepté cette idée.

12. Bilan:

important | montrer | revendiquer | courageux | renforcer

Au Maroc, les femmes luttent ______________________ contre les clichés. Elles utilisent la fantasia pour ______________________ leurs droits et ______________________ aux hommes qu'elles sont aussi ______________________ qu'eux et donc, égales à eux. Ainsi, elles ______________________ définitivement le principe d'égalité entre femmes et hommes dans leur pays.

C Après la lecture

1. *Comparez vos réponses avec votre voisin/e. Si vous avez des réponses différentes, justifiez vos choix.*
2. *Formez des groupes. Chaque groupe choisit un pays ou une zone du monde et va discuter sur la question suivante:*

Connaissez vous d'autres exemples dans le monde où les femmes doivent se battre pour garder leurs droits ou obtenir des nouveaux droits? Puis comparez avec votre pays.

Vous pouvez faire une petite recherche Internet si vous ne savez pas.
Prenez des notes pendant la discussion, puis faites une présentation devant la classe.
Ensuite, discutez en classe avec votre professeur.

D Bonus

Complément: Faites une recherche Internet sur «la tbourida», l'autre nom pour «la fantasia», et cochez les bonnes réponses.

1. Cette tradition est classée au patrimoine mondial de l'UNESCO depuis

☐ 2005. ☐ 2006. ☐ 2011. ☐ 2015. ☐ 2021.

2. Elle se pratique sur quel animal?

☐ le cheval ☐ l'âne ☐ le chameau ☐ le dromadaire

3. Les fantasias peuvent avoir lieu à l'occasion de … *(plusieurs possibilités)*

☐ spectacles pour les touristes. ☐ fêtes d'anniversaire. ☐ mariages.
☐ succès professionnels. ☐ naissances. ☐ fêtes religieuses.

Lösungen und Lösungsvorschläge

Unité 1

Un peu d'entraînement

S. 4, Nr. 1A

1. le biathlon; **2.** le bobsleigh; **3.** le hockey sur glace; **4.** le patinage artistique; **5.** le patinage de vitesse; **6.** la luge; **7.** le ski alpin; **8.** le ski de fond; **9.** le saut à ski; **10.** le combiné nordique

S. 4, Nr. 1B

Le patinage artistique est un sport qu'on fait sur la glace, alors il faut porter des chaussures spéciales pour pratiquer ce sport, on les appelle "les patins à lame". C'est une discipline olympique depuis 1908. Il s'agit d'une discipline avec des mouvements assez détaillés, par exemple des pirouettes, des pas ou des sauts. L'ensemble de ces éléments chorégraphiques s'appelle un "programme". Il est également important de choisir de bons vêtements: d'habitude, les patineuses portent des jupes ou des robes et les patineurs des pantalons. Ces costumes doivent permettre les mouvements artistiques, ce sont des costumes sportifs, mais en même temps, il faut choisir des vêtements de bon goût. La plus grande patinoire se trouve au Japon, à Tokyo. Pour les compétitions, il existe 4 disciplines: le patinage individuel pour femmes et hommes, le patinage en couple et la danse sur glace. Pour l'Allemagne, on connait la patineuse Katharina Witt ou Aljona Savchenko (championne du monde et médaillée d'or aux Jeux olympiques de Pyeongchang en 2018 avec Bruno Massot). En 2022, Gabriella Papadakis et Guillaume Cizeron sont devenus champions olympiques pour la France.

S. 4, Nr. 1C

Aux Jeux olympiques d'hiver de Grenoble en 1968, la RFA (Allemagne de l'ouest) a reçu 7 médailles (2 en or, 2 en argent et 3 en bronze). La RDA (Allemagne de l'est a reçu 5 médailles (1 en or, 2 en argent et 2 en bronze). La RFA est arrivée à la 8e place et la RDA, à la 10e place.

S. 5, Nr. 2

1. ont eu lieu;
2. a changé;
3. est sortie, a créé;
4. se sont installées;
5. se sont déroulés, aimait;
6. pouvaient, n'était pas, a agrandi, a construit, étaient

S. 5, Nr. 3

1. est venu, a chanté, a accueilli, avaient gagné;
2. s'est passé, a inventé, ont vu;
3. avaient fait, avaient ouvert, est/était devenue;
4. était, ont amélioré

Bilan

S. 18, Nr. 1

Noah, je suis d'accord avec toi. J'aime bien que la ville de Grenoble pense à l'environnement et qu'on peut y passer un séjour vraiment éco-responsable. Mais Maxime, je te comprends aussi. Le sujet écologique est très, parfois trop grand à Grenoble. Ça peut être intéressant, mais bien sûr on veut visiter d'autres attractions aussi. Voilà ma proposition: Je prépare une liste avec plusieurs attractions qui ne sont pas du tout ennuyeuses. Je vais également ajouter quelques actions écologiques, mais je vais faire attention de proposer un bon mélange. Je pense que ça vaut vraiment le coup d'y aller, je suis sûr(e) qu'on va être surpris de cette ville. J'accepte ta proposition de faire du vélo dans les montagnes.

S. 18, Nr. 2

1. D'abord, je leur ai demandé ce qu'on pourrait faire pour consommer mieux et dépenser moins.
2. Une fille a dit que tout le monde devrait manger moins de viande et qu'autrefois, les gens achetaient moins de viande parce que ça coûtait cher.
3. Un garçon m'a expliqué que sa famille passerait à l'électricité verte. Il a ajouté qu' Is choisissaient toujours des fruits et légumes locaux et de saison.
4. Puis, j'ai voulu savoir si les élèves avaient déjà changé leurs habitudes pour consommer moins.
5. Un garçon a raconté qu'il essayait de consommer moins d'énergie électrique. Mais il a dit que ce serait plus facile sans portable et sans ordinateur.

S. 19, Nr. 3

Avant l'écoute:
Le gaspillage alimentaire c'est quand … on jette des fruits, des légumes, des repas dans la poubelle.

Pendant l'écoute:
1. Quel est le pourcentage de nourriture gaspillee dans le monde? 33,33% (1/3- un tiers)
2. La nourriture gaspillée représente en France 50 kg par personne et 140 kg par famille par an.
3. D'après le journaliste, réduire le gaspillage est très compliqué. X faux
Justification: C'est facile, il faut changer notre comportement et nos habitudes.
4. Quelles sont les 3 causes du gaspillage alimentaire? Nous achetons trop/nous cuisinons en trop grandes quantités/nous conservons mal.
5. Quelles sont les solutions au gaspillage alimentaire? X faire un plan pour le menu X recycler les restes X faire une liste de courses X conserver les restes
6. le gaspillage de nourriture, c'est du gaspillage d'argent.
7. Et vous? Est-ce que vous respectez la date de péremption (Verfallsdatum)? Pourquoi (pas)? Ecrivez vos raisons dans votre cahier.

Musterlösung: Dans ma famille, on ne respecte pas la date de péremption, car nous n'avons pas beaucoup d'argent. Quand un produit n'est plus bon, nous enlevons la partie qui n'est plus bonne, par exemple dans la confiture ou sur le fromage. Mon père a aussi de bonnes idées pour recycler ou transformer les produits où la date de péremtion est passée. Il connait plein de recettes. Pour les légumes, il fait des ratatouilles, par exemple. Avec le fromage, il fait par exemple des pâtes/des nouilles.

S. 19, Nr. 4
est/était, a voulu/voulait, se trouvait, avait attiré ce qui; faisait; avons, répondu; avait ouvert, aimerait, a, verrait/verra, ce que; a expliqué, s'améliorerait

Unité 2

Un peu d'entraînement

S. 25, Nr. 1A
Individuelle Antworten

S. 25, Nr. 1C

1. Oui: Un jeune de 14 ans a le droit de travailler pendant les vacances, mais uniquement la moitié du temps. Comme les vacances d'été durent plus de 4 semaines, il est possible de faire un petit boulot de 2 semaines.
2. Oui: Un mineur doit présenter l'accord de ses deux parents.
3. Oui: Les jeunes qui ont plus de 16 ans ont le droit de travailler pendant et en dehors des vacances.
4. Non: Un job d'été est un emploi comme un autre, on a donc accès aux mêmes avantages, comme par exemple le droit de manger à la cantine.
5. Non: Les moins de 17 ans gagnent 80% du Smic, les jeunes de 17 à 18 ans gagnent 90% du Smic.
6. Depuis le 1er octobre 2021, le montant du Smic net mensuel est d'environ 1258 euros. 17 à 18 ans gagnent 90% du Smic.

S. 26, Nr. 2

1. Au marché de Nice
Nom: Müller Code postal: 10719
Prénom: Max Ville: Berlin
Adresse: Kurfürstendamm 1
E-Mail: m.müller@123.de
Message: Bonjour, je m'appelle Max Müller, j'ai 16 ans et je cherche un petit boulot pour mes vacances d'été. Je voudrais travailler au marché de Nice parce que j'aime bien être dehors et parler avec beaucoup de personnes. Je connais Nice parce que j'y suis allé en vacances avec ma famille. Je voudrais travailler sur un stand de fruits et légumes parce que j'adore cuisiner. Est-ce que vous croyez que c'est possible? Je suis libre pendant les vacances d'été qui durent du 25 juillet jusqu'au 12 septembre.
Cordialement, Max Müller

2. Restauration ambulante
Nom: Müller Code postal: 10719
Prénom: Max Ville: Berlin
Adresse: Kurfürstendamm 1
E-Mail: m.müller@123.de
Message: Bonjour, je m'appelle Max Müller, j'ai 16 ans et je cherche un petit boulot pour mes vacances d'été. Je voudrais travailler dans votre food truck parce que j'adore cuisiner et être en contact avec beaucoup de personnes. Ça me plait aussi qu'on ne reste pas toujours au même endroit mais qu'on peut bouger avec le truck. Est-ce que je peux gagner un peu d'argent avec ce travail? Je suis libre pendant les vacances d'été qui durent du 25 juillet jusqu'au 12 septembre.
Cordialement, Max Müller

Bilan

S. 39, Nr. 1

1. Je voudrais poser ma candidature.
2. Ça m'étonne que mon copain de vienne pas.
3. Je vais m'habituer à ce job rapidement/très vite.
4. Je ne m'inquiète pas beaucoup.
5. J'ai des copains sur place.
6. Je vais passer mon bac(calauréat) dans trois ans.
7. J'habite en colocation avec trois amis.
8. J'ai besoin d'une signature.
9. Je ne veux pas te priver de ta pause.
10. Ça me gêne de le dire.
11. Asseyez-vous!
12. Vous pouvez me donner vos coordonnées, s'il vous plait?
13. Vous pouvez me donner votre prénom, s'il vous plait?
14. Ne t'en fais pas!

S. 39, Nr. 2
réponde, soit, sachions, réussisse, était, parte, se fait, perdes, aille, puisse, lisiez, ai, veuillent

S. 40, Nr. 3
Depuis que j'ai participé à un échange scolaire il y a plusieurs années, je n'ai plus eu l'occasion d'utiliser le français sur place. J'avais peur de ne plus être plus capable de parler français. Je pensais donc que ce séjour en tandem serait/était pour moi la solution idéale. Pour aller à Nuremberg et pour le retour depuis Nice, il est même possible qu'on obtienne un soutien financier de l'OFAJ. Bien qu'au début, je n'aie pas trop aimé l'idée d'habiter dans une auberge de jeunesse, je dois dire maintenant que c'est génial. Tout le monde trouve super qu'après les cours, nous nous retrouvions pour préparer le repas ensemble, goûter des spécialités niçoises comme la socca ou discuter. Ces activités en commun favorisent l'échange linguistique entre Allemands et Français et nous trouvons tous que nous faisons vite des progrès. Je suis surpris qu'on s'entende si bien sans que nous nous connaissions vraiment.

S. 40, Nr. 4
être capable de communiquer, ce que, m'avais dit, T'en fais pas, En fait, en contact, je pouvais les aider, ce que, je lui ai répondu, c'était, sans que je sache, adoré me faire des nouveaux amis, leurs habitudes, me plaise, je pourrais, très longtemps, d'autres pays

Plateau 1

S. 43, Nr. 1A
Je préfère la ville sur la deuxième photo. On peut y voir une ville avec beaucoup de (grandes) maisons, mais on y trouve aussi la nature, un grand parc et une rivière. Pour moi, c'est un mélange parfait, un endroit où on a les avantages d'une métropole mais où on peut se promener facilement dans la nature aussi.

S. 43, Nr. 1B
Individuelle Antworten

S. 43, Nr. 1C
Ma ville du futur serait une ville sans voiture! Les rues seraient pour les vélos uniquement. Il n'y aurait pas d'aéroport, seulement une gare pour les trains qui arrivent de Paris. Bien sûr, il y aurait un hôpital pour les gens malades et des écoles, un lycée, un cinéma, un stade pour les jeunes. Dans ma ville, on pourrait lire gratuitement des livres numériques ou en papier à la bibliothèque de la ville. L'école serait aussi gratuite pour tous les jeunes et on pourrait choisir les cours qui nous intéressent. Pendant les récréations, les élèves pourraient jouer dans le parc. Comme il n'y aurait pas de voitures, il n'y aurait pas de pollution et pas d'accident. Ce serait ma ville idéale.

S. 44, Nr. 2B
- Bonjour! Entrez, je vous en prie.
- Bonjour madame/monsieur. Je vous remercie de me recevoir.
- Asseyez-vous, je vous en prie. Alors, parlez-moi un peu de vous.
- Merci. Alors je m'appelle XY, j'habite à ... et je suis élève au lycée XY. Je m'intéresse à ...
- Très bien. J'ai une question: A partir de quand pourriez-vous travaillez chez nous?
- Je pourrais travailler chez vous à partir du ...
- Pourriez-vous aussi travailler pendant les vacances?
- Oui, pas de problème. Pendant les vacances, je suis libre. Je peux aussi travailler.
- Quels sont vos centres d'intérêt? A quoi vous intéressez-vous?
- Je m'intéresse à ... J'aime ... Je trouve intéressant que ...
- Etes-vous prêt(e) à prendre des responsabilités dans le travail et à travailler en équipe?
- Oui, bien sûr! Dans mon école, je m'occupe de .../je suis responsable de .../J'aime travailler avec des gens et je sais trouver des compromis ...
- Avez-vous des questions (sur votre salaire, vos heures de travail, vos conditions de travail?
- Oui, j'aimerais savoir combien d'argent je vais gagner par mois? / combien d'heures je dois travailler par jour ...
- Bien, alors, nous vous informerons par courrier. Nous allons vous contacter dans une semaine. Alors au revoir et à bientôt peut-être.
- Je vous remercie beaucoup pour cet entretien. Au revoir, madame/monsieur.

S. 44, Nr. 3B
1. La scène se passe au lycée de corentin./ à l'école des chiens guides.
2. Il y a combien de personnes dans la première scène? 5
3. Quelqu'un qui voit mal, c'est un/e malvoyant/e.
4. Corentin n'a pas peur de parler en premier. Vrai
5. Pourquoi Corentin est-il aveugle? Un accident
6. Le psychiatre est là parce que Corentin a une dépression.
7. Il fermait la porte de sa chambre, il mettait sa tête sous son oreiller, il restait à la maison.
8. Il veut aller au lycée et «voir» ses copines et ses copains. Il veut retrouver la liberté.
9. Ce sont un chien et un ordinateur.
10. De qui est responsable Corentin? Du chien
11. De qui est responsable le chien? De Corentin
12. Qu'est-ce que l'ordinateur pour aveugles peut faire? Ecrire, lire des cours, parler
13. Quel est le nom du chien? Fuego
14. Qu'est-ce que le chien ne peut pas faire seul? Trouver la salle de classe de Corentin

S. 44, Nr. 3C
Individuelle Antworten

Unité 3

Un peu d'entraînement
S. 47, Nr. 1A+B
400.000 ans avant J.-C. (3D) – au IIe siècle avant J.-C. (6A) – en 154 avant J.-C. (7H) – en 1388 (2B) – en 1860 (5E) – au XIXe (4C) – au XXe 1F) – de nos jours (8G)

S. 48, Nr. 2A
1. Elle prépare des vacances à Nice.
2. A Nice, il y a 300 jours de soleil par an.
3. Angèle veut faire un reportage au bord de de «la grande bleue». Qu'est-ce que c'est? la mer Méditerranée.

S. 48, Nr. 2B
1. A quoi est-ce qu'on pense quand on parle de Nice?
Le soleil, la mer, la plage, la mer est bleue, le ciel aussi, un ciel sans nuage
2. Comment s'appelle la grande place de Nice?
la place Masséna
3. Quelle est la différence avec les places à Paris?
Ce n'est pas gris comme à Paris, mais rouge et orange.

4. Qu'est-ce qu'on peut admirer a la Promenade du Paillon? des fontaines
5. Quel est le nom complet de l'office de tourisme de Nice? Office de Tourisme Nice Côte d'Azur
6. Quelles sont les heures d'ouverture du marché Saleya? Du mardi au dimanche, de 6h à 13h30.
7. Quelles sont les spécialités de la région que l'on peut trouver sur le marché?
X la Socca X la lavande X la pissaladière X la salade niçoise
8. Comment s'appelle le restaurant italien où on peut acheter des glaces? Ristorante italiano
9. Quel est le parfum (Geschmack) de la première glace que l'on voit sur la vidéo? cookies
10. Citez au moins 3 parfums de glaces que vous voyez dans la vidéo: orange, abricot, melon, passion, citron vert, goyave, noix de coco, ...
11. Comment s'appelle la rue qui longe la plage de Nice? La promenade des Anglais
12. Qu'est-ce qu'on peut observer depuis le bateau Santo-Sospir? des cétacés, des dauphins, des requins, des baleines

Bilan

S. 62, Nr. 1

1. Décrivez la vue d'ensemble de la maison au début du reportage On voit un théâtre, des maisons rondes, une cascade, la mer et des arbres.
2. Qu'est-ce qu'on voit dans l'entrée de la maison? un mannequin, une sculpture, une lampe
3. Comment s'appellent les 2 personnes au début du reportage? Roberto et Jacqueline
4. Pierre Cardin est arrivé dans la maison en 1992
5. La visite commence par la suite blanche.
6. Pierre Cardin a été le premier propriétaire de la maison. X faux
Justification: Le palais était achevé déjà./la famille Bernard qui au début des années 70 à fait appel à Antti Lovag pour réaliser la villa Bulles / la villa Bernard.
7. Le lit se trouve X en hauteur.
8. On entre dans le salon par X une porte double, rouge et transparente.
9. Les meubles, c'est la ligne OVNI qui a été dessinée dans les années 70 par Pierre Cardin.
10. Des festivals de musique, danse, théâtre ont lieu pour les habitants de Théoule.
11. La porte-bulle conduit a l' appartement privé de Pierre Cardin qui occupe 3 niveaux.
12. Qui est le monsieur qui souhaite la bienvenue a la fin du reportage? Pierre Cardin

S. 62, Nr. 2

C'est quoi, une banlieue? La banlieue, c'est le territoire qui se trouve autour du centre-ville. C'est tout. Mais en France, ce mot est rarement positif: on pense aux quartiers défavorisés et à leurs clichés: des vieux immeubles, des logements sociaux, des habitants souvent issus de l'immigration, le chômage élevé, la violence et la délinquance parmi les jeunes. Les logements aux petits loyers en banlieue continuent d'attirer surtout des familles qui n'ont pas beaucoup d'argent. La plupart de ces quartiers sont en mauvais état et souvent, on n'y trouve pas de cinémas, de salle de sport ou de magasins. Aujourd'hui, le mot «banlieue» est généralement remplacé par «quartier sensible» ou par le mot «cité». Mais les jeunes en banlieue réagissent maintenant: certains sont en colère et se révoltent contre la pauvreté et le racisme. D'autres montrent qu'il y a beaucoup de solidarité et créativité dans ces quartiers et s'engagent dans des associations. C'est vrai, il y a beaucoup de problèmes et les jeunes traînent souvent dans la rue, mais il y a aussi dans certaines banlieues des aspects positifs qui méritent d'être découverts.

S. 63, Nr. 3

Dans le sud, on aime s'amuser! Chaque année, des grands évènements, sont organisés pour le plus grand plaisir des Niçois et des touristes: le grand carnaval de Nice avec des batailles de fleurs, «La fête du citron» à Menton avec des millions de citrons, ou le festival du film de Cannes avec des grandes stars qui sont toujours très attendues sur la Croisette. Et ce n'est pas tout! A Grasse, petite ville éloignée de Cannes de 12 km, on assiste aussi à des défilés des feux d'artifice et animations culturelles pendant la «Fête du jasmin». Mais Grasse est connue dans le monde entier pour son activité principale: le parfum. Il y représente 7 à 8% du commerce mondial! Saviez-vous que tous les grands parfums parisiens sont fabriqués ici? Des visites guidées gratuites sont organisées par les trois grandes parfumeries. Leurs musées peuvent être visités pour mieux connaître les techniques et l'histoire de la parfumerie. Et surprise! Vous, vous pouvez aussi créer votre parfum et participer à toutes les étapes pour le fabriquer!

Unité 4

Un peu d'entraînement

S. 68, Nr. 1B

1. Culturethèque est une médiathèque française en ligne.
2. Culturethèque est accessible et gratuite pour tout le monde.
Faux: Elle est accessible aux abonnés des médiathèques à l'étranger. Les autres peuvent tester la plateforme gratuitement pendant 3 semaines.
3. L'offre de Culturethèque est pour tous les âges.
4. On y trouve aussi des journaux français.
Vrai: Culturethèque donne accès à des centaines de titres de presses francophones comme Le Monde, Libération ou Le Figaro.
5. Culturethèque est idéale pour faire des recherches.
Vrai: Culturethèque, c'est aussi la possibilité de faire des recherches dans la base des donnés Europresse.

6. Toutes les écoles recoivent automatiquement la newsletter de la Culturethèque. X faux
Justification: Si vous êtes abonné(e) aux newsletters de nos médiathèques … vous recevrez chaque mois une sélection …
7. Culturethèque offre la possibilité d'inviter des auteurs ou artistes chez soi.
X faux
Justification: Elle offre la possibilité de rencontrer des auteurs ou artistes en ligne.
8. Qu'est-ce qu'il faut faire pour profiter de l'offre de Culturethèque?
Il faut s'adresser à l'Institut français ou au centre franco-allemand le plus proche.

S. 68, Nr. 2A
1. Comment s'inscrit-on à Culturethèque?
2. Combien d'utilisateurs compte-t-elle?
3. Y a-t-il aussi une offre pour les enfants?
4. Peut-on s'abonner aux newsletters?
5. Est-il facile de se connecter?

Bilan

S. 83, Nr. 1
Lösungsvorschlag:
Réponse 1: Moi, j'écris surtout quand je fais mes devoirs ou quand on a des interros. Je n'écris pas à la maison ou dans mon temps libre, j'écris seulement des exercices pour l'école.
Réponse 2: J'aime lire des romans policiers, c'est mon genre préféré. J'adore quand un livre est passionnant et quand je ne peux pas arrêter de lire avant de connaître la fin de l'histoire. Peut-être un jour je vais essayer d'écrire une histoire passionnante aussi.
Réponse 3: Quand j'écris et je n'ai plus d'idées, normalement je fais une petite pause, je vais dehors ou je retrouve mes amis. Parfois je prends peut-être un livre et lis quelques passages pour trouver de l'inspiration.
Réponse 4: Je suis sûr/e que mes parents seraient également très fiers de moi. Pour eux, ce n'est pas important quel métier je vais choisir, mais ils veulent que je sois heureux/heureuse. Ce serait peut-être intéressant pour eux aussi de lire ce que j'écrirais.

S. 83, Nr. 2
échanger; d'autres, qui me plaisent, Le soir; comfortablement, des magazines de littérature, j'ai craint; puisse, lecteurs et lectrices, grâce à eux, des belles découvertes; je leur fais confiance, vous allez trouver magnifiques; vous feront, vous vous plaignez, je n'en dise rien; pour vous, laisser; je vais; la nouvelle oeuvre

S. 84, Nr. 3B
1. Le festival d'Angoulême est …
X le plus grand festival de BD francophone.
2. Dans quel autre pays d'Europe est-ce qu'il y a également un festival de BD? l'Italie
3. Le festival d'Angoulême existe depuis 1974.
4. Il a lieu X en hiver.
5. Il se déroule sur un week-end. X faux
Correction: Il se déroule pendant plusieurs jours.
6. Pendant le festival d'Angoulême, les auteurs ne font qu'exposer leurs BD. X faux
Correction: Il accueille des expositions, des conférences, des débats, des dédicaces.
7. Quel prix reconnait quoi? Mettez la bonne lettre.
a) le Grand prix de la ville d'Angoulême a) toutes les BD d'un auteur
b) le Fauve d'or b)une BD de l'année dernière
8. Chaque année, on remet un prix au festival d'Angoulême. X faux
Correction: le Grand prix de la ville d'Angoulême, le Fauve d'or
9. Il faut être français ou française pour gagner un prix au Festival d'Angoulême.
X faux
Correction: Un Japonais a déjà gagné le Grand prix d'Angoulême.
10. Et vous? Connaissez-vous des prix de BD en Allemagne?
Musterlösung: Erlangen ist seit 38 Jahren Schauplatz der größten und wichtigsten Veranstaltung für Comic-Kunst und grafische Literatur im deutschsprachigen Raum. 2022 findet das Festival vom 16. bis 19. Juni statt. Bekannt sind auch *Comicfestival* München und Hamburg und *Comicinvasion* Berlin.

Plateau 2

S. 88, Nr. 1B
Musterlösung:
A: Salut! Comment ça va?
B: Oh, ça va! Et toi?
A: Moi, ça va pas. J'ai eu une mauvaise note en sport la semaine dernière.
B: Ah, c'est triste. Moi je suis bon en sport, comme tous les Bavarois!
A: Moi, le sport, ça ne m'intéresse pas. Je ne suis pas très sportif. En plus, à Paris, qu'est-ce qu'on peut faire comme sport, à part du foot! Toi, tu habites dans les montagnes en Bavière. Tu as plus de possibilités.
B: C'est vrai, chez nous en Bavière, on peut faire du ski, du snowboard, de la luge, c'est génial l'hiver. Tu ne t'intéresses pas au sport, mais tu t'intéresses à l'histoire et surtout aux relations franco-allemandes, non?
A: Oui, je m'intéresse beaucoup à l'Allemagne.
B: Tu sais, la semaine dernière, j'ai lu un article sur les Jeux olympiques d'hiver de Grenoble. Et bien, tu sais qui était à la 8ᵉ et à la 10ᵉ place?
A: Non, je ne savais même pas qu'il y a avait eu des Jeux olympiques à Grenoble.
B: Eh bien, c'était l'Allemagne!
A: Je ne comprends pas. Tu dis «à la 8ᵉ et à la 10ᵉ place» Comment est-ce que c'est possible?
B: Ben oui, en 1968, il y avait deux Allemagnes: La RDA et la RFA.
A: Ah bon? Je ne savais pas.

B: Oui, et les deux Allemagnes étaient très fortes. La RFA, l'Allemagne de l'Ouest donc, à eu 2 médailles d'or, 2 médailles d'argent et 3 médailles de bronze. Ça fait 7 médailles! Et la RDA …
A: La RDA?
B: Oui, l'Allemagne de l'Est a eu 1 médaille d'or, 2 médailles d'argent et 2 médailles de bronze. Ça fait 5 médailles en tout! Mes parents sont nés en RDA, c'est pourquoi je m'intéresse aussi à ce pays.
A: 5 + 7 médailles! Ça fait donc 12 médailles en tout! Et combien de médailles est-ce que la France a eu?
B: Attends, je regarde … La France a eu 9 médailles en tout! Ce n'est pas beaucoup!
A: Oui, mais la France était tout seule. Il n'y avait pas de France de l'Ouest et de France de l'Est.

S. 89, Nr. 2B
Individuelle Lösung

S. 90, Nr. 3A
1. Où se passe la première partie de la vidéo? Chez Angèle et Hippolyte.
2. Angèle est une fan de … x Astérix x Tintin
3. Quel est le pourcentage des enfants qui lisent des BD en France? 99%.

S. 90, Nr. 3B
1. Dans la deuxième partie, il s'agit d'un reportage chez une dessinatrice.
2. Elle habite en Belgique.
3. Comment s'appelle la dessinatrice?
x Mamboou x Audrey
4. La dessinatrice fait cinq dessins par jour.
5. La dessinatrice travaille … x à la maison.
x pour une maison d'édition. x dans son bureau.
6. La dessinatrice fait des dessins pour les livres scolaires et les magazines.
7. Dans les BD, Audrey ne fait que les dessins.
x faux
Correction: Je suis aussi scénariste. J'ai fait les textes et les dessins.
8. Quels sont les objets que la dessinatrice utilise aussi pour dessiner? Images 3 et 5.

S. 90, Nr. 3C
Et vous? Vous aimez faire des dessins? Pourquoi (pas)?
Musterlösung: J'adore dessiner. Avec notre prof de français, nous participons au concours de BD chaque année en Allemagne. Je trouve que quand on écrit une histoire avec un texte, c'est plus difficile d'imaginer les détails de l'histoire. Un roman, par exemple, ce n'est pas comme dans un film. Dans une BD, on peut écrire un scénario et un texte dans les bulles mais aussi compléter l'histoire par des détails dans le dessin, avec les couleurs par exemple ou avec les bruits, les onomatopées. On imagine plus facilement l'histoire.

Unité 5

Un peu d'entraînement
S. 91, Nr. 1B
Photo no. 1
La photo montre le cours de mathématiques d'une classe. La scène a lieu dans une école arabe. Au premier plan, il y a une fille et un garçon qui sont assis à une table. Sur la table, il y a deux livres et deux étuis. A gauche, on remarque un autre élève. Les jeunes regardent le tableau et écoutent la prof. Au deuxième plan, on voit la prof qui porte une veste blanche et qui dessine des formes géométriques au centre du tableau. Au-dessus, il y a des mots arabes. J'imagine que ces élèves rêvent de pouvoir gagner leur vie facilement et d'être indépendants plus tard, après l'école. Mais je pense qu'il y a aussi beaucoup d'enfants qui n'ont pas accès à l'éducation, surtout dans les régions pauvres.

Photo no. 2
La photo montre des migrants à la frontière d'un pays arabe/ entre le Maroc et un autre pays. Au premier plan, on voit beaucoup de jeunes qui essaient de sauter un grand mur. Derrière le mur, il y a un bâtiment et des policiers. A l'arrière-plan, on voit la mer. Je pense que les jeunes ont décidé de quitter leur pays pour des raisons différentes politiques ou économiques. Dans l'espoir d'avoir une vie meilleure et de pouvoir réaliser leurs rêves ils prennent tous les risques pour arriver à l'Europe.

S. 91, Nr. 1C
Le thème de la prochaine unité: Un pays d'Afrique

S. 92, Nr. 2A
Le Maroc: capitale: Rabat
Autre villes: Casablanca, Marrakech, Tanger, Meknès, Kénitra, Agadir, Tétouan, Oujda, …
Montagnes: Atlas, Aurès

L'Algérie: capitale: Alger
Autre villes: Oran, Constantine, Sétif, Tlemcen, Tizi Ouzou, Ghardaïa, Saida, Mascara, …
Montagnes: Atlas, Djebel, Hoggar

La Mauritanie: capitale: Nuakschott
Autre villes: Nouadhibou, Rosso, Kiffa, Zouerate, Atar, …
Désert: Sahara

Sahara occidental: territoire annexé par le Maroc.

La Tunisie: capitale: Tunis
Autre villes: Sousse, Kairouan, Béja, Bizerte, Monastir, Kasserine, Médine, Nabeul, Tataouine, Sfax, …

La Libye: capitale: Tripolis
Autre villes: Benghazi, Misrata, El Beïda, Khoms, Zouara, …

S. 92, Nr. 2B
Monologue minute sur le Maroc: *Individuelle Lösung*

S. 92, Nr. 3

Bonjour! → Salam Alekum.
Bonsoir! → Msal'khir.
Comment allez-vous? → Labass?
Merci (beaucoup). → Choukran (bezaf).
Je m'appelle … → Ismiyti …
Je ne comprends pas. → Ma Fhamtch.
Au revoir! → Bsslama.
Très bien, merci. → Labass hamdoullah.
Non merci. → La choukran.
Oui/ Non → naeam/La
Pardon. → Smahli.

Bilan

S. 104, Nr. 1A

Le peintre français Jacques Majorelle (1886–1962) a longtemps habité à Marrakech, dans une villa Art déco très moderne qu'il a construite en 1929 dans un grand parc de 10.000 m². Les murs de la maison étaient de quelle couleur? Il les a peints bien en «bleu Majorelle», bien sûr, une couleur bleue qu'il a inventée en 1937 et qui le rendra célèbre. Où était son atelier d'artiste? Il l'a installé dans la villa, en bas du jardin. A quoi ressemblait son jardin? Amoureux de paysages et de plantes exotiques, c'est une oasis qui l'a influencé pour le style du jardin. Les fontaines, il les a décorées avec amour. On y trouvait des plantes rares qu'il a rapportées de ses voyages dans le monde entier et des arbres exotiques comme des bambous qui se sont bien acclimatés.
Il y avait aussi de très nombreux oiseaux, on les a entendus toute la journée.
Ce jardin, il l'a ouvert au public en 1947 mais à sa mort, personne ne s'en est occupé. Personne. Mais un jour, …

S. 104, Nr. 1B

Yves Saint Laurent et son ami ont appris que cette maison et ce jardin qu'ils ont découverts en 1966 allaient disparaître pour construire un hôtel et ça leur a fait mal au cœur. Alors ils les ont achetés en 1980 pour les rénover et y habiter. La maison, ils l'ont appelée «Villa Oasis».

Dans l'ancien atelier du peintre Majorelle, ils ont installé un musée berbère et des œuvres de Haute couture que Yves Saint Laurent a créées. Quelle émotion pour YSL qui a grandi au Maroc!
Dans ce «plus beau jardin», qui a été pour lui une source d'inspiration, on peut admirer le mémorial qu'on lui a dédié. Car ce créateur de mode exceptionnel, on l'a célébré aussi après sa mort en 2008 et on continue à le célébrer encore aujourd'hui.
En 2010 a ouvert une exposition sur sa vie au Maroc: c'est la femme du roi Mohammed VI qui l'a inaugurée, en même temps que la rue Yves Saint Laurent devant le jardin.
Qu'est devenu le jardin depuis? Vingt jardiniers l'ont préparé chaque jour et on y accueille 600.000 visiteurs par an! Le jardin Majorelle est devenu un haut lieu du tourisme au Maroc!

S. 105, Nr. 2A

Je me souviens très, très bien quand j'avais 13 ans, je n'avais pas de très bonnes notes en maths. Ma prof de maths nous a convoqués, mes parents et moi, pour nous dire: «Bon, ça ne va pas du tout, David.» «Ben, les maths, pour moi, ce n'est pas important. Je veux être DJ!», ai-je répondu. Elle a dit: «Mais, c'est quoi, un DJ?» Je l'ai expliqué: «C'est le seul métier qui m'intéresse! Les disques, on va les échanger, on en fait des remixes …» Ils m'ont regardé comme si j'étais fou.
«Ce n'est pas un métier, ça.» Voilà Madame, je peux vous dire aujourd'hui que vous n'aviez pas raison!

S. 105, Nr. 2B

Connaissez-vous Jack Back? Non? Vous l'avez rencontré? Personnellement, sûrement pas, mais c'est sa musique que tout le monde a entendue au moins une fois quelque part.
Jack Back, c'est depuis 2018 le nom d'un projet musical derrière lequel se cache le DJ David Guetta, fils d'une mère française et d'un père d'origine marocaine. Ce pseudonyme, il l'a choisi pour revenir à la musique house. La musique, il l'a explorée très tôt, dès l'âge de 14 ans, dans les fêtes qu'il a organisées et qui ont marqué le début de sa carrière comme DJ. Ses deux premiers albums, il les a publiés en 2002 et 2003. Son premier grand succès international, c'était la nomination aux NRJ Music Awards 2007 et son deuxième, le prix du meilleur DJ aux House Music Awards qu'il a reçu en 2009 à Londres. Mais ce n'était que le début. Son quatrième album «One Love» est devenu numéro un en France et a chanson "I Gotta Feeling" qu'il a écrite avec les Black Eyed Peas a battu tous les records. Toute la planète, il l'a gagnée grâce à ses nombreux hits et les plus grandes stars, il les a rencontrées toutes.
Aujourd'hui, David Guetta est le DJ préféré des stars et une vraie superstar de la musique électronique. Combien de hits a-t-il déjà écrits et où s'arrêtera-t-il? On ne le sait pas, mais une chose est sûre: sa passion pour la musique restera toujours

Plateau DELF

S. 109

Um die DELF-Prüfung zu bestehen, musst du 50 Punkte oder mehr erzielen. Außerdem musst du in jeder Teilprüfung mindestens 5 Punkte erreicht haben. Überprüfe deine Antworten mit den Lösungen, trage rechts neben jeder Übung die erzielten Punkte ein und zähle sie für die 4 Prüfungsteile zusammen. Pro Prüfungsteil kannst du maximal 25 Punkte erhalten. Arbeite mit deinem Partner zusammen, in Zweifelsfällen fragst du deinen Lehrer. Am Ende gibt es keine Note wie im Unterricht.

1 Compréhension de l'oral

Exercice 1

1. Où se passe la scène? x Sur une plage
2. Que fait le jeune garçon? x Il nettoie.
3. Est-ce que le jeune garçon est seul?
x Il est avec d'autres jeunes.
4. Qu'est-ce qu'il trouve sur la plage?
x des sacs x des jouets x des bouteilles
5. Dans quelle ville se passe la scène? A Nice

Exercice 2

1. Comment s'appellent les deux personnages?
x Margo x Alisa
2. Qu'est-ce qu'une des filles a fait ce week-end?
x Elle a travaillé.
3. Est-ce que la fille à l'âge de travailler officiellement? x non
4. Qu'est-ce que la fille a trouvé ce week-end? un petit boulot
5. La fille aide qui? x une vieille dame
6. Qu'est-ce que la personne ne peut plus faire?
x sortir dehors x lire
7. Comment est-ce que la fille aide la personne?
x Elle fait ses courses.
8. Combien est-ce que la fille reçoit pour aller au marché? 50 euros
9. Quel âge a la personne? 86 ans
10. Qu'est-ce que la fille reçoit pour son aide?
x le reste de l'argent des courses

Exercice 3

1. Où se passe la scène? x à Saint-Denis
2. Nous sommes en quelle saison? x en hiver
3. Quelle est la température? x -5°
4. Le journaliste rencontre … x des jeunes.
5. Rachida aide … x des migrants.
6. Pour aider, Rachida apporte …
x de la soupe. x du chocolat.
7. Rachida est … x triste.
8. Les gens vont aller dans un centre … x faux
9. Les gens ont … x froid. x peur.
10. Pour quelle radio travaille le journaliste?
x Franceinfo

2 Compréhension des écrits

Exercice 1

1.	Oui	Non
habite près du lycée.		x
a un fils de 15 ans.		x
est connectée à la Wifi.	x	
possède un animal.	x	
est sportive.	x	
est vegan.	x	

2.	Oui	Non
habite près du lycée.	x	
a un fils de 15 ans.		x
est connectée à la Wifi.		x
possède un animal.	x	
est sportive.	x	
est vegan.	x	

3.	Oui	Non
habite près du lycée.		x
a un fils de 15 ans.	x	
est connectée à la Wifi.	x	
possède un animal.	x	
est sportive.	x	
est vegan.	x	

4.	Oui	Non
habite près du lycée.	x	
a un fils de 15 ans.	x	
est connectée à la Wifi.	x	
possède un animal.	x	
est sportive.	x	
est vegan.	x	

Exercice 2

1. Quel est le problème des bibliothèques?
x le numérique
2. Pour cerains politiciens, une bibliothèque est …
x trop chère.
3. Pour d'autres, il faut …
x diversifier les bibliothèques.
4. Le contraire d'un livre imprimé, c'est un livre numérique.
5. Quels sont les avantages d'une bibliothèque?
x un partage du savoir x une vie culturelle
x le lien social
6. Comment s'appelle l'association qui suit ce but?
Association des bibliothécaires de France.
7. Cette association a d'abord formulé un plaidoyer pour les bibliothèques.
8. Quel sont les buts de l'association?
x trouver des financements
x trouver une vision commune

Exercice 3

1. Quel est le média préféré des Français? x la radio
2. Dans quel public la radio a-t-elle le plus perdu son influence? Chez les jeunes
3. Plus de … x 3/4 des Français écoutent au moins une fois la radio par jour.
4. Combien d'écoute la radio a-t-elle perdue en une décennie? dix %
5. Quel média a le plus perdu d'audience?
x la télévision
6. Quelle est la concurrence directe de la radio?
Internet
7. Parmi ces médias, lesquels ne sont pas des radios? *(Plusieurs solutions)* x Deezer x Spotify x Publicis
8. A quel moment de la journée l'écoute de la radio diminue en France? Le soir

9. Avec quels moyens les radios vont essayer de regagner leur public?
x nouvelles technlogies
x nouveaux podcasts
x accords avec des plates-formes

3 Production écrite

Musterlösung:
Salut Alexandre, Oui, je me souviens, on a parlé du mauvais temps et de la pluie qui est tombée tout le mois de juillet et tout le mois d'août en Allemagne. Ce n'est vraiment pas normal! Moi je pense que la nature a toujours changé, mais que depuis quelques années, elle change trop vite! Bien sûr, ce n'est pas uniquement la faute des gens, mais je pense que nous pouvons avoir une influence sur la nature. Chez nous, à la maison, nous sommes très écologistes. Nous d'avons pas de voiture, mais nous avons chacun un vélo électrique. Moi je vais à l'école à vélo et nous faisons nos courses à vélo. Mais même quand nous faisons nos courses, nous ne prenons pas de sacs en plastique, mais des sacs en papier. A la maison, quand il fait froid, nous mettons des pulls, car le chauffage, c'est cher et ce n'est pas très écologique. Quand nous sortons d'une pièce, nous fermons la lumière. Et bien sûr, nous avons plusieurs poubelles: une poubelle pour le papier, une poubelle pour le verre et une poubelle pour le reste. Mais nous ne mettons jamais des restes de repas à la poubelle. Quand il reste quelque chose, nous le donnons au chat à manger.

4 Production orale

Exercice 1 – Entretien dirigé (2–3 minutes)

1. Vous vous présentez.
Musterlösung:
Je m'appelle Paul, j'ai 15 ans et j'habite à Erlangen. Je vais au lycée Ohm-Gymnasium où je suis en classe 10. J'ai deux frères qui ont 19 et 21 ans. Ils n'habitent plus à la maison. Nous habitons une grande maison avec un jardin. Nous avons un chien et 2 chats. Plus tard, je veux être médecin ou professeur d'histoire car j'aime cette matière. J'aime bien aussi la langue française car c'est la langue du pays voisin. Avec mes parents, nous allons aussi souvent en Suisse. Là on parle français et allemand. Donc pour mes parents, ce n'est pas un problème. Mais quand nous allons en vacances en Bretagne ou à Nice, alors là, mes parents ont des problèmes. Alors je dois faire la médiation pour eux.

2. Parlez de votre famille, de vos ami(e)s et de votre école.
Musterlösung:
Mes deux frères n'habitent plus dans la maison de mes parents, mais ils viennent manger chez nous tous les dimanches. Comme nous avons une grande maison, mes parents invitent toujours des correspondants chez nous. Ils peuvent dormir dans la chambre de mes frères. Notre maison est très grande avec un jardin. Nous habitons dans la banlieue de Erlangen et notre quartier est très calme. Le problème, c'est qu'il n'y a pas de bus, alors mes copains du lycée ne peuvent venir me voir que le week-end en vélo. Avec mes copains du lycée, nous jouons parfois au foot. Avec mes copains du club de judo, nous faisons du vélo comme entraînement et avec mes copains et mes copines de la chorale, nous écoutons de la musique. Quand les correspondants sont là, maman et moi, nous faisons la cuisine pour eux. Nous leur préparons par exemple des saucisses blanches au petit-déjeuner. Ils trouvent ça bizarre, mais ils aiment bien. (Stelle dich darauf ein, dass der Prüfer an einigen Stellen nachfragt, Erlebnisse oder deine Gefühle wissen möchte.)

3. Quelles sont vos activités en dehors de l'école?
Musterlösung:
J'aime beaucoup le sport (je fais du judo). Je vais à l'entraînement 3 fois par semaine. Mais au lycée, je suis aussi bon/ne en sport. Nous faisons du foot et de la gymnastique. J'aime aussi la musique classique. Je joue du piano. Avec mon père et une copine, on joue aussi dans un groupe de jazz. Le dimanche, je chante aussi dans la chorale de l'église. J'adore chanter. C'est fantastique. Donc, après l'école et les devoirs, je fais de la musique et je vais me promener avec mon chien dans le quartier. Je participe aussi aux échanges de mon lycée avec un lycée de Lyon. Souvent je fais la médiation car tout le monde ne parle pas allemand dans le lycée de Lyon.

Exercice 2 – Jeu de rôle (3–4 minutes)

Internet et vous. Qu'en pensez-vous?
Musterlösung:
1. Allez-vous sur les réseaux sociaux?
Je ne vais pas sur les réseaux sociaux pas pendant les cours. Après l'école, comme nous habitons dans un quartier un peu isolé, j'aime bien rester en contact avec mes amis de l'école, du sport et de la chorale. Pour moi, c'est fait pour communiquer des informations importantes pour nous: les examens, les matchs, l'entraînement, les répétions.
2. Jouez-vous à des jeux sur Internet?
Non, je ne joue pas à des jeux sur Internet, car on perd du temps. Je préfère les vrais jeux comme les compétions de judo ou les matchs de foot.
3. Ecoutez-vous de la musique sur Internet? Par quel réseau?
Oui, j'écoute souvent de la musique sur Internet, surtout sur YouTube quand notre prof de français nous parle par exemple d'une chanson française. Je regarde les clips sur Internet. Mais je ne télécharge pas de musique. Comme j'aime bien aussi la musique classique, mes parents ont acheté une radio qui marche avec Internet. C'est génial. Je peux écouter Bayern 3 mais aussi Klassikradio ou France Musique.
4. Combien de temps restez-vous en ligne par jour?
Je peux dire que je ne suis pas accro. Je vais sur

Internet pour communiquer après l'école ou pour faire des recherches sur Internet pour l'école. Mais le week-end, je préfère sortir dans la vraie vie: faire du vélo ou aller faire du judo. Pour moi, Internet, ce n'est pas une drogue.

Exercice 3 – Expression d'un point de vue (5–7 minutes)

Exprimez votre point de vue sur le sujet suivant: Votre camarade aimerait jouer avec vous à un jeu vidéo en ligne tous les soirs après le cours. Est-ce que vous êtes d'accord? Est-ce que vous pensez que c'est une bonne idée de rester devant l'odinateur pour jouer en ligne?

Musterlösung:

Si un camarade me propose de jouer en ligne à un jeu vidéo avec lui le soir après l'école, c'est que, à mon avis, il est seul. Alors je vais d'abord lui proposer de venir chez moi. Et là, je vais parler avec lui pour essayer de savoir pourquoi il est seul. S'il a des problèmes avec ses parents, par exemple, je vais l'inviter plus souvent à faire du sport ou à écouter de la musique avec moi. Ensuite, je vais lui demander à quels jeux vidéo est-ce qu'il joue. Est-ce que ce sont des jeux de sport par exemple? Si ce sont des jeux de sport, je vais peut-être jouer avec lui au début. Mais si ce sont des jeux avec de la violence ou des jeux de guerre, je vais lui dire que je préfère aller au cinéma avec lui ou faire du sport.

Consignes: Arbeitsanweisungen

Que veut dire cette **abréviation**?	*Was bedeutet diese Abkürzung?*
Les syllabes **accentuées** sont soulignées.	*Die betonten Silben sind unterstrichen.*
N'oublie pas d'**accorder** les mots.	*Vergiss nicht, die Wörter anzugleichen.*
Imagine de quel genre de roman **il s'agit**.	*Stell dir vor, um welche Art Roman es sich handelt.*
Les **annotations** peuvent t'aider.	*Die Worterklärungen können dir helfen.*
Parle de plusieurs **aspects**.	*Sprich über mehrere Aspekte / Gesichtspunkte.*
Ecris les mots corrects **au-dessus**.	*Schreibe die korrekten Wörter darüber.*
Donne ton **avis**.	*Sage deine Meinung.*
Caractérise le personnage principal.	*Charakterisiere die Hauptperson.*
Le mot fait partie du **centre d'intérêt** «lire».	*Das Wort gehört zum Sachfeld „lesen".*
Note les **chiffres**.	*Notiere die Zahlen. / Schreibe die Zahlen auf.*
Mets les mots suivants dans la bonne **colonne** du tableau.	*Ordne die folgenden Wörter in die richtige Spalte der Tabelle ein.*
Ces mots sont importants pour la **compréhension du texte**.	*Diese Wörter sind für das Textverständnis wichtig.*
Teste tes **connaissances.**	*Teste deine Kenntnisse.*
Résume le **contenu** du document.	*Fasse den Inhalt des Dokuments zusammen.*
Continue l'histoire.	*Führe die Geschichte fort.*
Mets les verbes à la forme **correcte** de l'imparfait.	*Setze die Verben in die korrekte Form des Imparfait.*
Trouve les expressions **correspondantes**.	*Finde die entsprechenden Ausdrücke.*
Corrige les fautes.	*Korrigiere die Fehler.*
Fais une **croix** dans la bonne case.	*Mache ein Kreuz in das richtige Kästchen.*
Décris l'image.	*Beschreibe das Bild.*
Relis la **description** des rôles.	*Lies noch einmal die Rollenbeschreibungen.*
Discute le problème.	*Diskutiere / Sprich über das Problem.*
… avant l'**écoute** …	*… vor dem Anhören …*
Résume le texte **par écrit**.	*Fasse den Text schriftlich zusammen.*
Quel mot va avec quelle **explication**?	*Welches Wort passt zu welcher Erklärung?*
Explique pourquoi le personnage est en colère.	*Erkläre, warum die Person zornig ist.*
Voici un **extrait** du livre.	*Hier ist ein Auszug aus dem Buch.*
… une **façon** d'écrire et de prononcer …	*… eine Art zu schreiben und auszusprechen …*
Corrige les parties **fausses.**	*Korrigiere die falschen Teile.*
Relie les deux parties par une **flèche**.	*Verbinde die beiden Teile durch einen Pfeil.*
Imagine une petite scène qui se termine par un **geste**.	*Erfinde eine kleine Szene, die mit einer Geste endet.*
lire un texte **inconnu**	*Einen unbekannten Text lesen*
Les mots **indiqués** vont t'aider.	*Die angegebenen Wörter werden dir helfen.*
… une **justification** …	*… ein Beleg / ein Nachweis …*
Je connais ce mot aussi dans une autre **langue**.	*Ich kenne dieses Wort auch in einer anderen Sprache.*

Consignes

… avant la **lecture** …	*… vor dem Lesen …*
… sur la même **ligne** à droite …	*… auf derselben Linie rechts …*
Utilise un dictionnaire **en ligne**.	*Verwende ein Online-Wörterbuch.*
Souligne les **mots-signaux**.	*Unterstreiche die Signalwörter.*
Ajoute une préposition, si **nécessaire**.	*Füge, falls nötig, eine Präposition hinzu.*
Résume le texte **oralement**.	*Fasse den Text mündlich zusammen.*
Attention à l'**orthographe**!	*Achte / Achtet auf die Schreibung!*
Travaille avec un **partenaire.**	*Arbeite mit einem Partner.*
Fais le portrait du **personnage** principal.	*Stelle die Hauptperson vor. / Beschreibe die Hauptperson.*
Pliez la feuille au milieu.	*Knickt das Blatt in der Mitte.*
Quelquefois, il y a plusieurs **possibilités**.	*Manchmal gibt es mehrere Möglichkeiten.*
Mets la bonne **préposition**.	*Setze die richtige Präposition ein.*
Quel est le problème **principal**?	*Was ist das Hauptproblem?*
Décris tes **projets**.	*Beschreibe deine Pläne / Vorhaben.*
Note trois **propositions**.	*Notiere drei Vorschläge. / Schreibe drei Vorschläge auf.*
Lis le **prospectus**.	*Lies den Prospekt.*
Remplis le **questionnaire**.	*Fülle den Fragebogen aus.*
De quoi est-ce que le texte va parler?	*Wovon wird der Text handeln?*
Raconte l'histoire.	*Erzähle die Geschichte.*
Les chiffres **se rapportent** aux catégories de la liste.	*Die Zahlen beziehen sich auf die Kategorien der Liste.*
Avant de **rédiger** ton texte, fais un plan.	*Mache ein Konzept, bevor du deinen Text verfasst.*
… deux **règles** pour inventer un nouveau mot …	*… zwei Regeln, um ein neues Wort zu erfinden …*
Remplis les cases.	*Fülle die Kästchen aus.*
Les phrases forment le **résumé** du texte.	*Die Sätze geben das Resümee des Textes wieder.*
Résume l'action de l'histoire.	*Fasse die Handlung der Geschichte zusammen.*
Trouve une **rime**.	*Finde einen Reim.*
Trouve le **sens** de ces mots.	*Finde die Bedeutung dieser Wörter.*
Choisis la bonne **signification**.	*Wähle die richtige Bedeutung aus.*
Note dans un **tableau** le mot et sa traduction.	*Notiere das Wort und seine Übersetzung in einer Tabelle.*
Ajoute les **terminaisons** de l'imparfait.	*Füge die Imparfait-Endungen hinzu.*
Est-ce que le **thème** de la chanson t'intéresse?	*Interessiert dich das Thema des Liedes?*
Traduis en français.	*Übersetze ins Französische.*
Tu as fait une faute **typique**.	*Du hast einen typischen Fehler gemacht.*
Vérifie avec les solutions de la page 100.	*Überprüfe mit den Lösungen der Seite 100.*
Qu'est-ce que ce mot **veut dire**?	*Was bedeutet dieses Wort?*
… avant le **visionnage** …	*… vor dem Ansehen …*
Trouve les bonnes **voyelles**.	*Finde die richtigen Vokale.*

Übersicht über die Tondokumente

Abkürzungen:

SB	Schülerbuch	**E**	Entraînement	**C**	Atelier C	**Ep**	En plus
CdA	Cahier d'activités	**A**	Atelier A	**P**	Pratique	**Sta**	Station
Dé	Découvertes	**B**	Atelier B	**Bi**	Bilan		

Aufgabe im SB / im CdA	Titel	Track (MP3)	Track (Audio)
Unité 1			**CD 1**
SB EAT 1	Une rencontre	1	1
SB EAT 2	Si on allait boire un coup?	2	2
SB EAT 3	Qu'est-ce que tu feras après?	3	3
SB A 2	Grenoble ville verte (1)	4	4
SB B 1	Grenoble ville verte (2)	5	5
SB B 5	Le point sur un projet d'urbanisme	6	6
SB Bi 2	Ecouter	7	7
CdA B 10	Pas encore assez écologique?	8	8
CdA Bi 3	Ecouter: Que faire contre le gaspillage?	9	9
CdA Ep 2	Un projet sur l'architecture verte	10	10
Unité 2			
SB A 1	Prêts pour une visio franco-allemande?	11	11
SB A 5	Le point sur les relations franco-alld	12	12
SB B 9	L'entretien de Jonas	13	13
CdA B9	Un entretien empathique	14	14
Plateau 1			
SB	Plaisir de lire: Vlad	15	15
SB	Où est le magasin? (1)	16	16
SB	Où est le magasin? (2)	17	17
SB	A la gare de la Part-Dieu	18	18
CdA	Plaisir de lire: L'école du Labrador	19	19
Unité 3			
SB A 1	Des journées riches en surprises	20	20
SB A 6	Nice classée au patrimoine mondial	21	21
SB A 7	Le point sur la fête nationale en France	22	22
SB B 1	Dans la banlieue niçoise	23	23
SB P 1	Nice, ville d'art	24	24
SB Bi 2	Ecouter	25	25
CdA E 2	Une belle journée à Nice	26	26
CdA A 5	Nice solidaire	27	27
CdA Bi 1	Ecouter: Le Palais Bulles	28	28
Unité 4			**CD 2**
SB A 1	Plus tard, je serai moi	29	1
SB B 1	Le point sur Astérix …	30	2
SB B 2	La bande dessinée inspire même …	31	3
CdA A 5	La grande Bibliothèque	32	4
CdA Bi 1	Ecouter: Thomas Rueil	33	5
CdA EP 1	Rendez-vous littéraire	34	6

Aufgabe im SB / im CdA	Titel	Track (MP3)	Track (Audio)
Plateau 2			
SB DE 1	Tu vois ce que je veux dire?	35	7
CdA 3	La BD, c'est passionnant!	36	8
Unité 5			
SB DE 1	Les habitants du Maroc racontent (1)	37	9
	Les habitants du Maroc racontent (2)	38	10
	Les habitants du Maroc racontent (3)	39	11
	Les habitants du Maroc racontent (4)	40	12
SB DE 2	Le point sur le Maroc	41	13
SB A 2	Les conteurs de Marrakech	42	14
SB B 2	Jamel Debbouze, entre le Maroc et …	43	15
SB B 7	Amel en France	44	16
CdA E 3	Faisons un peu d'arabe!	45	17
CdA A 4	Un conte et un film: Ali Baba	46	18
CdA B9	Au Maroc, prenez le TGV!	47	19
Bonus 2			
SB	Le jour où je suis partie.	48	20
DELF			
Cda	Compréhension de l'oral	49	21
Stratégies			
SB Seite 135	Un coup de téléphone	50	22
SB Seite 135	La météo	51	23
Stratégies			
SB Seite 141	A la gare	63	22
Vokabular			
SB S. 156	Wortschatz Unité 1	52	24
SB S. 162	Wortschatz Unité 2	53	25
SB S. 169	Wortschatz Unité 3	54	26
SB S. 174	Wortschatz Unité 4	55	27
SB S. 181	Wortschatz Unité 5	56	28

Quellennachweis

Action Press GmbH, Hamburg (SYSPEO/SIPA), **54.01**; Action Press GmbH, Hamburg (Utrecht, Robin), **97.01**; Action Press GmbH, Hamburg (Xinhua), **91.02**; akg-images, Berlin, **04.11; 88.01**; akg-images, Berlin (Adine Sagalyn), **73.01**; Alamy stock photo, Abingdon (Hero Images Inc.), **08.03**; Alamy stock photo, Abingdon (Stephen Mulcahey), **47.09**; Avenue Images GmbH, Hamburg (Digital Vision), **51.04**; Bongiorno, Audrey, La Louvière, **87.01**; Ernst Klett Verlag GmbH, Stuttgart, **109**; Ernst Klett Verlag, Stuttgart, **44.01**; Getty Images Plus, München (BRIAN MITCHELL), **46.01**; Getty Images Plus, München (Celli07), **61.03**; Getty Images Plus, München (cyano66), **37.02**; Getty Images Plus, München (DGLimages), **39.01**; Getty Images Plus, München (fancy.yan), **79.02**; Getty Images Plus, München (Hill Street Studios), **79.05**; Getty Images Plus, München (Jelena990), **100.05**; Getty Images Plus, München (Jim McKinley), **79.03**; Getty Images Plus, München (JudyDillon), **61.01**; Getty Images Plus, München (julief514), **37.01**; Getty Images Plus, München (Jupiterimages), **72.01**; Getty Images Plus, München (Musat), **13.01**; Getty Images Plus, München (Nicolas Garrat), **100.03**; Getty Images Plus, München (nobtis), **100.02**; Getty Images Plus, München (stedenmi), **06.04**; Getty Images Plus, München (Thomas Barwick), **79.04**; Getty Images Plus, München (trabantos), **63.01**; Getty Images Plus, München (vladacanon), **59.04**; Getty Images Plus, München (Yellow Dog Productions), **51.06**; Getty Images, München (Alain BENAINOUS), **47.05**; Getty Images, München (Jean-Luc MANAUD/Gamma-Rapho), **118.01; 120.01**; Graupner, Ulf. S., Berlin, **17.01**; Gunther Heintzen, Bruchsal, **09.01**; IMAGO, Berlin (Horst Galuschka), **108.01**; IMAGO, Berlin (imago/Future Image), **30.01**; IMAGO, Berlin (IP3press), **10.01**; Indigosommer von Antje Babendererde (2020), Umschlaggestaltung: Frauke Schneider, ISBN 9783401511993 mit freundlicher Genehmigung von Arena Verlag, Würzburg, **74.01**; Institut francais d'Allemagne, Berlin, **67.01; 67.02**; Interfoto, München (UIG / PHAS), **47.02**; iStockphoto, Calgary, Alberta (RF/Bonita Hein), **90.04**; iStockphoto, Calgary, Alberta (Vladimir Mucibabic), **90.03**; KISSMAN PRODUCTIONS, Paris, **98.01**; laif, Köln (Francois HENRY/REA), **15.01**; Mauritius Images, Mittenwald (agefotostock/Alamy), **57.01**; Mauritius Images, Mittenwald (Antiqua Print Gallery/ Alamy), **47.03; 47.06**; Mauritius Images, Mittenwald (Chris Hellier/Alamy), **52.01**; Mauritius Images, Mittenwald (Fotograferen.net / Alamy), **105.01**; Mauritius Images, Mittenwald (funkyfood London - Paul Williams / Alamy), **94.01**; Mauritius Images, Mittenwald (Gaertner/Alamy), **37.04**; Mauritius Images, Mittenwald (Godong/Alamy), **22.01**; Mauritius Images, Mittenwald (niceartphoto/Alamy), **57.02**; Mauritius Images, Mittenwald (O.DIGOIT/Alamy), **66.01**; Mauritius Images, Mittenwald (Viennaslide/Alamy), **60.01**; Mauritius Images, Mittenwald (Vuk Valcic/ Alamy), **47.08**; Mauritius Images, Mittenwald (Wiktor Dabkowski/ZUMA Press, Inc./Alamy), **51.01**; Media Office GmbH, Kornwestheim, **47.01**; MEV Verlag GmbH, Augsburg, **85.04**; Müller, Erhard, Leipzig, **17.03**; Originally published in French under the following title: Leçons coloniales, by Azouz Begag and Djillali Defali © Editions DELCOURT, 2012, **81.02**; Oser, Liliane, Hamburg, **08.05**; Picture-Alliance, Frankfurt/M. (Eric Gaillard), **59.01**; Picture-Alliance, Frankfurt/M. (Godong), **91.01**; Picture-Alliance, Frankfurt/M. (MANUEL BLONDEAU / DPPI), **14.01**; Picture-Alliance, Frankfurt/M. (Raphael Lafargue/ABACAPRESS.COM), **08.02**; Picture-Alliance, Frankfurt/M. (Speich Frederic/MAXPPP/dpa), **52.02**; Picture-Alliance, Frankfurt/M. (United Archives/IFTN), **96.01**; Pôle emploi Direction générale, Paris Cedex 20, **16.01**; Protandem - Deutsch-Französische Agentur für den Austausch in der beruflichen Bildung, Saarbrücken, **41.01**; ShutterStock.com RF, New York (Andrey_Popov), **11.01**; ShutterStock.com RF, New York (anitasstudio), **64.02**; ShutterStock.com RF, New York (Azri bin Abd Rahman), **61.04**; ShutterStock.com RF, New York (BTWImages), **51.02**; ShutterStock.com RF, New York (Daisy Daisy), **72.02**; ShutterStock.com RF, New York (Dami Olubusi), **55.01**; ShutterStock.com RF, New York (Dmitryi Cherkasskyi), **65.01**; ShutterStock.com RF, New York (EQRoy), **47.07**; ShutterStock.com RF, New York (fizkes), **37.05**; ShutterStock.com RF, New York (goodluz), **64.05**; ShutterStock.com RF, New York (Gregory A. Pozhvanov), **85.01**; ShutterStock.com RF, New York (katatonia82), **51.07**; ShutterStock.com RF, New York (Leonid Andronov), **51.03**; ShutterStock.com RF, New York (Marcin Krzyzak), **61.05**; ShutterStock.com RF, New York (mohamed bahssine), **119.01**; ShutterStock.com RF, New York (nbnserge), **26.02**; ShutterStock.com RF, New York (nito), **48.01**; ShutterStock.com RF, New York (Olga Kashubin), **21.01**; ShutterStock.com RF, New York (Ollyy), **08.01**; ShutterStock.com RF, New York (PKpix), **107.01**; ShutterStock.com RF, New York (RF/Mostovyi Sergii Igorevich), **06.05**; ShutterStock.com RF, New York (Richard Semik), **61.02**; ShutterStock.com RF, New York (R. de Bruijn_Photography), **43.02**; ShutterStock.com RF, New York (SakSa), **100.04**; ShutterStock.com RF, New York (stockfour), **37.03**; ShutterStock.com RF, New York (Syda Productions), **Cover.2**; ShutterStock.com RF, New York (wavebreakmedia), **08.04**; ShutterStock.com RF, New York (Yelo Jura), **99.01**; stock.adobe.com, Dublin (ABCreative), **32.01**; stock.adobe.com, Dublin (Africa Studio), **79.01**; stock.adobe.com, Dublin (Alex Tihonov), **51.05**; stock.adobe.com, Dublin (ALF photo), **100.01; 100.06**; stock.adobe.com, Dublin (Anna), **64.04**; stock.adobe.com, Dublin (Anneke), **100.07**; stock.adobe.com, Dublin (ArTo), **26.01**; stock.adobe.com, Dublin (Artur Bogacki), **59.03**; stock.adobe.com, Dublin (BillionPhotos.com), **75.01**; stock.adobe.com, Dublin (Brad Pict), **92.03**; stock.adobe.com, Dublin (Cyril PAPOT), **102.01**; stock.adobe.com, Dublin (Daisy Daisy), **34.01**; stock.adobe.com, Dublin (dzm1try), **06.01**; stock.adobe.com, Dublin (EdNurg), **106.01**; stock.adobe.com, Dublin (Fevziie), **19.01**; stock.adobe.com, Dublin (fovito), **90.05**; stock.adobe.com, Dublin (Franz Pfluegl), **72.04**; stock.adobe.com, Dublin (Iakov Kalinin), **85.03**; stock.adobe.com, Dublin (igorp1976), **85.05**; stock.adobe.com, Dublin (illustrez-vous), **20.03**; stock.adobe.com, Dublin (jaunedoe), **05.01**; stock.adobe.com, Dublin (jim), **06.02**; stock.adobe.com, Dublin (katatonia), **23.01**; stock.adobe.com, Dublin (Kertu), **43.03**; stock.adobe.com, Dublin (magicbones), **Cover.3**; stock.adobe.com, Dublin (Marlene Vicente), **11.02**; stock.adobe.com, Dublin (Maxim Grebeshkov), **92.01**; stock.adobe.com, Dublin (mayoyoma), **43.01**; stock.adobe.com, Dublin (Mikael Lever), **93.01**; stock.adobe.com, Dublin (nevodka.com), **06.03**; stock.adobe.com, Dublin (pit24), **20.01**; stock.adobe.com, Dublin (Posztós János), **104.01**; stock.adobe.com, Dublin (provenza), **64.01**; stock.adobe.com, Dublin (Pseudonym), **85.02**; stock.adobe.com, Dublin (Ralf Kabelitz), **90.02**; stock.adobe.com, Dublin (Robert Kneschke), **24.01**; stock.adobe.com, Dublin (saiko3p), **58.01**; stock.adobe.com, Dublin (sergiyzinko), **Cover.1**; stock.adobe.com, Dublin (souk2), **95.01**; stock.adobe.com, Dublin (StockPhotoPro), **72.03**; stock.adobe.com, Dublin (Sunshine Seeds), **80.01**; stock.adobe.com, Dublin (Syda Productions), **20.02**; stock.adobe.com, Dublin (Tarik GOK), **92.02**; stock.adobe.com, Dublin (vectorfusionart), **05.02**; stock.adobe.com, Dublin (Veniamin Kraskov), **59.02**; stock.adobe.com, Dublin (virginievanos), **64.03**; stock.adobe.com, Dublin (Wayhome Studio), **36.01**; Tevau Zaiser Filmproduktion, Mannheim, **90.01; 90.06**; Thinkstock, München (bubaone), **04.01; 04.02; 04.03; 04.04; 04.05; 04.06; 04.07; 04.08; 04.09; 04.10**; ullstein bild, Berlin (Roger-Viollet), **47.04**; Von Railways_Morocco.png: Classical geographerderivative work: Sémhur (talk) - Diese Datei wurde von diesem Werk abgeleitet: Railways Morocco.png:Background : Morocco_relief_location_map.jpgData : Maroc-railnet.png and Schienenverkehr in Marokko, CC BY-SA 4.0, https://commons.wikimedia.org/w/index.php?curid=18549763 / https://creativecommons.org/licenses/by-sa/4.0/deed.de, Mountain View ; CC-BY-SA-4.0 Lizenzbestimmungen: https://creativecommons.org/licenses/by-sa/4.0/legalcode, siehe *3, **101.01**; Wieland, Tobias, Celle, **17.02**; YUIO (Etienne Simon), Wépion (Etienne Simon), **49.01; 76.01; 82.01**; 123rf Germany, c/o Inmagine GmbH, Nidderau (Achim Prill), **85.06**; "Intouchables", un film de Eric Toledano et Olivier Nakache. © 2011 Gaumont / Studio Canal / TF1 Films Production, **42.1; 44.1; 44.2**

*3 Lizenzbestimmungen zu CC-BY-SA-4.0 siehe: http://creativecommons.org/licenses/by-sa/4.0/legalcode

Notizen